幻城

王大閎——著
王秋華——譯

典藏

出版緣起

王大閎先生，除了是臺灣當代最傳奇的現代建築大師外，更以著深厚豐富也多元的藝術學養，為多方敬仰。而其中，已在建築界神話般傳述長久，書寫時間跨越數十年，卻一直未正式曝光，有著濃厚烏托邦色彩的英文科幻小說《Phantasmagoria》（幻城），終於在同為建築界前輩王秋華建築師的翻譯下，欣喜現世。

王大閎一九一八年生於北京。父親王寵惠是國際知名的法學專家，曾任中華民國第一任外交部長，以及行政院長、司法院長等職務。獨子的王大閎，受到嚴謹也優秀的教育，包括十三歲進入他稱為「畢生難忘」的瑞士栗子林中學、英國劍橋大學建築系，與美國哈佛大學建築研究所。尤其後者，他與貝聿銘以及過世不久的美國教父級大師菲立普・強生（Philip Johnson），同時受教於包浩斯創辦人、後來因避躲戰爭遷住美國的葛羅匹斯（Walter Gropius），堪稱經典。

王大閎、貝聿銘與長年旅居德國已離世的李承寬，大概是臺灣最熟悉的首批華人建築師。王與貝是同窗，彼此偶有書信往返，但一個翩然於國際政商與建築舞臺間，一個據守臺灣六十年如一日（王大閎來臺灣後，前五十年未離海島一步），人生方向與建築態度南轅北轍。

王大閎的建築作品極多，例如臺大學生活動中心、林語堂宅、濟南路的虹廬自宅、寶慶路的亞洲水泥大樓、登月紀念碑計畫案、外交部，其中可為代表作的大約是國父紀念館與建國南路自宅（已拆除）。

王大閎曾說：「國父紀念館是我最艱難的設計，而登月紀念碑則是我自許最具有深遠意義的作品。」登月紀念碑曾經引發臺灣社會的熱烈迴響，由當時外交部長魏道明為首的社會名流，積極合力推動捐贈這個高逾二十層樓的優美作品，作為美國獨立兩百年的禮物，後來因臺美關係與政治環境的改變，讓計畫案終於胎死腹中。

無論如何，登月紀念碑還是讓我們見到王大閎對人類的未來，積極也善意的某種期待態度；而他的國父紀念館與建國南路自宅，則是嘗試將中國傳統建築與現代性作對語的經典作品，一個回應的是大我的文化承傳／符號，一個則是小我的生活／生命語境。王大閎曾說：「真正的中國建築，是簡樸淳厚，非常自然的，尊重現有的大環境。明朝以前的中國建築都比較單純，我在裡面住過，有印象、有感覺。」

王大閎的兒子王守正建築師，也以單純來形容父親：「他的生活非常規律也單純，一切事物都有著自己的位置與秩序，沒有任何多餘的東西。」還說到父親被外界傳言說很難與業主配合，王守正對此不以為然，他表示記得父親如何苦口婆心去說服業主，與如何費盡心力以期待對方能接受理念的誠懇態度。

王大閎相信人的全面向可能，除了早年翻譯並改寫的王爾德小說《杜連魁》為人所知外，私下也繪畫、作曲及寫作。而這本久被期待的《幻城》，應該就是王大閎在建築之外、最衷心也在意的創作作品。

《幻城》是設定在三〇六九年的故事，九歲的迪諾王子被他統領地球的父親，送上一艘名為「梅杜沙」的太空船，開始一趟有如奧德賽般、不知終點究竟何在的探險／學習之旅。

這艘幾乎宛如烏托邦樂園般的太空船，迪諾有與他年齡相近、純真卻又思想成熟的同伴一起學習與生活，也有成年的神父與學者隨行，以進行教育與對話，一切都顯得舒適、健康也完整。形而上的哲學與思辯，優美的音樂與藝術，不斷地流淌在日常的生活，幾乎像是某種對古希臘文明裡，形而上與形而下的意識，理性與感性的思維，得以在日常生活裡，自然交織的嚮往兼致意。

確實，這樣的某種嚮往（烏托邦）與離世（太空船）特質，隱約還是會讓我想起來《杜連魁》這本小說。王爾德與王大閎兩人，其實都曾經同樣表達出歌頌古希臘所代表「全人」文明的傾向，並對由理性主導的近世代文明，有著因之的批判。王爾德所哀悼（與戲謔詛咒）的青春之美，或就是這樣逝去不復返的過往文明，而與之相對映的，是以現實目的與理性實證為主導的此刻文明，對他而言，這對比白然是極其悲哀與負面。

因為，在此時此刻的文明裡，青春或美都已經淪為現實交易的某種籌碼了。王大閎與王爾德的差異處，即在於他的並不如此悲觀。雖然本質上兩人都以希臘文明與現代文明的對照，做出感傷似的哀悼或批判，然而王大閎依舊想寄予未知的明天，某種樂觀的期待。所以，即令完全知道人造完美太空船的外面，是「冰冷的無止境黑暗時空」，九歲的迪諾王子依舊要開始書寫他的前世回憶錄，因為他想要藉此，讓我們回返到那個「一度曾經擁有的無憂無慮的日子」。

小說中不斷反覆暗示透過吃藥（科技產物的追弗）而「可以控制的夢境」，與生命可重返的「靈魂再世」（非理性的神秘力量），似乎都念茲在茲地提醒我們文明的不必絕望，以及樂園依舊可以再顯。

而關於這樣夢境／期待的投射點，在小說中是被安排入第一人稱男孩的童年生活敘述裡，並且與原來奧德賽般的探選／學習旅程，開始以冰冷／溫暖、知性／感性的對比方式，有趣地相互輝映起來。

小說於焉開展，內容非常的豐富也深邃，隱喻與思辨不斷交織，但是這些就交由讀者們，請各自與作者做對話並解讀吧！

當然，這小說也不免讓我們與王大閎極其特殊的成長經驗作聯想，譬如他在蘇州的童年經驗，十三歲被父親送到瑞士求學的過程，以及在建築領域登堂入室後的迴旋轉身，所帶出來對生命意義與本質的凝看，以及對人類文明何去何從的某種憂心，在在引人聯想。

最後，關於這小說的結語究竟是否有具體呈現，其實猶然難以確認。在小說倒數第二章裡，眾人對航程究竟意欲何所去，再度提出質疑與討論，卻也以一種無可知亦無可問的方式終結。

終章時，迪諾王子反而「非常清醒，心中默默地想：原來藝術不但可以壟斷空間，也可以靜止時間。」似乎告訴我們：人類文明的無盡旅程，終點應該必須就是藝術，而非科技或他者。這樣的答案，也由迪諾王子在閱讀詩集的過程，逐漸進入小說終結的某個未明夢鄉裡，得到了作者的某些隱約暗示？

王大閎在一九七七年《杜連魁》出版時，所寫的〈幾句說明〉文章的結語裡，引用了波斯天文學家奧瑪開陽的詩句，在此我再引一次，做本文結：

我將我的靈魂送往上蒼，
想探知一些來世的玄奧，
不料我那靈魂回來傾訴，
我自身就是地獄和天堂。

附記：此書是在王大閎老師的九十四歲生日家宴時，我冒昧地主動探詢，而能得到整理出版的機會。後來，又得到同為建築界前輩王秋華老師的允諾翻譯，才得以與典藏合作，完成這個出版的工作。因為原稿的打字與手寫頁次的零亂，使翻譯的過程相當不容易，若非王秋華老師優秀／優美的語文能力，以及高度的耐力與專注力，本書是絕對難以如此呈現的，僅在此致上高度的謝意與敬意。

——阮慶岳，建築師、小說家

作者序

這本科幻小說的原文是二十一世紀後期的英文，隨著當代正統英文發展的趨勢，也夾雜了若干法文、德文和拉丁文。

自二十世紀中期起，英文便取代了法文「國際語言」的地位，逐漸納入許多「外國文」，如叩頭（kowtow）、稀飯（congee）、平房（bungalow）、大屠殺（pognom）、濫情（Schmaltz）等。其實英文本來就不是一個純正的語言，不像中文、義大利文或其他拉丁系統的語言；隨著時代變遷，必然會繼續採納更多外文，演變成一個真正的「世界語」（Esperanto）。

讀者在本書中不會找到任何離奇的策劃、陰謀、屠殺、外星怪人或星際戰爭。作者希望提供的乃是喜悅，如春風一般吹化罪惡的瘴氣和恐怖主義的威脅，一束增加身、心、靈歡欣的生命之花。

目次

幻城

1——太空遊艇梅杜沙[1]

西元三〇六九年，距人類一九六九年首次在月球登陸，已有整整一千一百年。「梅杜沙」，這艘宏偉的遊艇，以驚人的速度穿越了四百兆星球組成的天河，自地球駛向太空。這白色的遊艇是人類科技與藝術的結晶，光輝燦爛不亞於任何星球，內部功能並可滿足人們的任何慾望與需求，設計精采可謂空前絕後。

「梅杜沙」在黑色廣闊的空中海洋勇往直前，她的船身自上千個舷窗閃爍發光，好像深海中一條明亮的巨型大魚，魚腹中承載了迪諾王子和他的朋友及隨員，如同寓言中的大鵬鳥一般優雅地向前飛馳。

2——新皇帝

約三十餘年前，地球出現了一位新皇帝「查爾」，名聞四海。他的名聲超越了凱撒、拿破崙和希特勒。他贏得萬民之心，征服了地球上所有的國家後，政權延伸至其他八個行星，創建了太陽帝國。

最初，查爾曾經遭受多人誹謗，有人稱他為獨裁者，有人說他是貴族皇帝，有人認為他是荒謬的神權論者或暴民領袖，如同披了羊皮的狼。其實查爾雖未加入任何教會，卻是一個虔誠的信徒，崇尚民主政治，對於誹謗他的言詞僅以一笑置之。他雖然熱愛藝術，卻不輕視注重物質而輕忽智識之徒；他常常到民間探訪，注意人民生活，認為民間家庭瑣事也和國家大事一般重要，甚至會為老百姓插花掛畫等佈置提供意見。他的座右銘取自一句希臘名言：「人民的聲音便是上帝的聲音」。

3——艦隊命名

查爾不惜耗費萬金建造了三艘姐妹船組成的艦隊，找了一位名天文學者建築師畫出了他的設計。但當艦隊將舉行啟航典禮時，他尚未決定如何為艦隊命名，便請皇后幫忙，原來他們的獨生子迪諾的名字便是皇后取的。最初皇后建議採用希臘神話中命運神的名字，查爾不喜歡；皇后便建議改用復仇神的名字，查爾仍認為不好聽；最後皇后提出了神話中三姐妹蛇髮女妖的名字，查爾只好勉強同意了，大姐名叫「思德諾」[2]，意思是「權力」；二姐名叫「尤瑞雅」[3]，意思是「遠航」；小妹名「梅杜沙」，是代表希臘神話中飛馬「佩加索」之母。

4 ——太空旅客

迪諾王子並不知道他為何被送上了「梅杜沙」太空遊艇，原來查爾認為漫遊太空乃是王子必須經歷的教育訓練。

迪諾只有九歲，但太空旅客中最年幼的並不是他，而是三歲的米密卡。米密卡自幼喪母，整天跟隨著他八歲大的姐姐伊芝，形影不離。他是一個小頑童，棕色軟髮大眼睛，整天滿面笑容，大家都疼愛他，不會因他頑皮搗蛋的行為責罵他，只有伊芝會管他。

迪諾的知音好友是羅基，十五歲，身材健壯，喜歡甜食，羅基也帶來了他的女朋友泰雅，十二歲，金髮碧眼。泰雅和伊芝很快形成了好友，早晨常常會一同去游泳。迪諾和羅基則喜歡坐在一個裝滿了糖果的水晶玻璃碗旁邊，高談闊論。迪諾說：「繪畫與雕塑可以傳達思想，但是不如語言。舉例說，羅丹用青銅鑄造的『思想者』表示思想，可是我們不知道他在想什麼。」

「你說得不錯。他好像坐在地獄門口沈思，不知在想什麼，會不會永遠想？因為青銅是永不腐朽的。」

「可是今天他卻坐在查爾的書房，與千萬本書籍為伍共思。」羅基吃著糖烤栗子說：「聽說在反藝術時代，有人曾經試用斧頭去砍壞『思想者』的頭，沒有成功，後來查爾才買來這座雕塑，他頭上的傷痕還隱約可見呢！」迪諾說：「那位毀壞藝術品的老兄大約想阻止『思想者』繼續思想吧！」兩人都笑起來。

迪諾一面吃糖一面說：「思想可不是開玩笑的事，目前地球正受到第二次水災的威脅，思想的水災，成千上萬的書本淹沒了人類的頭腦！」

「可是你不是也在寫一本書嗎？你在寫什麼呢？」

「好朋友，我寫的不是什麼深奧的書，我只是在寫我的回憶錄。」

「回憶錄！」羅基驚叫起來，「了不起，我比你大六歲，連日記都寫不出來呢！」迪諾王子鄭重地看了他一眼，說：「我寫的是我前生的回憶錄。許多前生的記憶糾纏著我，固執的記憶啊，把它們用白紙黑字寫出來，讓我覺得輕鬆一些！」

「說到固執的記憶，令我想起一個西班牙名畫家的一幅畫，我就像是喝了畫裡面的河水的魚，想不起那畫家的名字。」

「畫家名叫達利，那條河叫做忘舊河[4]，那幅畫的名字就叫做固執的記憶。」迪諾王子回答，並從書架上取下一本名叫《超現實主義》的畫冊。

「達利，不錯，你的記性真好！」羅基羨慕地說，「我不但記不得前生的事，連今生的事也常常忘記！」他卻不會忘記玻璃碗裡的巧克力，選了一片放進嘴中邊說：「瑞士人的巧克力世界第一，遠勝過他們的藝術。」

「難道你不欣賞克利[5]和艾薛爾[6]的畫嗎？」迪諾問。

「我喜歡艾薛爾的畫，但是達利不合邏輯，他喜歡挖出我們潛意識中最荒謬的夢想來脅迫我們！」他們邊談邊翻閱畫冊裡面達利的作品，「畫中用軟綿綿的鐘錶代表『時間』，錶上攀爬的螞蟻代表兒童時代的記憶。達利可以用茶盤大小的二度空間表達無限的時間，這是他的魔術。」羅基說。

迪諾也同意：「我們不可能忘記這幅傑作，雖然它已在反藝術時代被毀滅了。我懷念這幅畫就如我喜歡追憶泥土的芳香一般。」羅基再吃一塊巧克力，然後問迪諾：「反藝術運動是什麼時代又是為了什麼鬧起來的？我的記性真是糟透了！就像是喝了忘舊河的水。」

「別管忘舊河的水，我們來喝點美味的東西吧！」迪諾答說，一面遞給羅基一杯甜酒。「你真的忘記了嗎？反藝術運動是四十九年前的事，一群狂熱之徒認為藝術有害無益，他們摧毀了大部分西方的藝術品。幸好這運動很快地結束了，藝術萬歲！」他舉杯祝賀，兩人也互賀對方。「有多少藝術品逃過了被毀滅的命運？」羅基問。

「不少件，」迪諾回答，「許多被私人收藏家收購，查爾就買了很多件，波提切利[7]、拉斐爾[8]、基里科[9]、哥雅[10]等的畫，還有胡梭[11]那張『熟睡的吉普賽人』，就是他給我的生日禮物，」

「你的記性太好了！」羅基說，「我們來祝賀記憶之神吧，他叫什麼名字？」

「名字是妮慕辛[12]，是女神，祝她幫助你促進記憶！」

「多謝你，好朋友，」羅基笑著回答，「其實我並不在乎記憶的好壞，你剛才不是還說過，記性好雖然有用，但也不一定有福氣！」

「這句話你倒記得了！」迪諾向他的朋友莞爾一笑。

「梅杜沙」遊艇的乘客多半是年輕人，年紀最大的是布提，他是迪諾王子的導師兼顧問；最小的是三歲多的米密卡，這小男孩頭特別大，頭上覆蓋了柔軟的棕色頭髮，整天笑咪咪地令人喜愛。米密卡有兩個嗜好，第一他喜歡騎在哥哥姐姐們的背上跑來跑去，第二他喜歡玩按鈕，一旦騎上了別人的背，他就可以去按開關，開燈關燈或者停止音樂播放等等，幸好「梅杜沙」的總開關鎖在電氣房，他摸不到。

他雖然很聰明，學說話卻很慢，只會用幾個簡單的聲音達意，想要別人背他時就說「搖搖」，肚子餓了就說「奶奶」，想睡覺就說「都都」，要小便會說「皮皮」，但常常來不及說就已尿出來了。他叫他的姐姐「媽媽」，也叫所有的大人「媽媽」，無論男女。布堤說，在米密卡心中，是女性至上。

查爾皇帝初登位時，維也納已經是一個迅速衰落的城市：宏偉華麗的大廈已不復舉行盛大的宴會，名馳全球的外交官也不復在此雲集，但是科學研究的風氣仍然不變。

城內有一個年輕的學者名叫斯托，他是生物化學與分子神經學的專家，也是一位心理學家，曾經忠實地追隨弗洛依德[13]有關「夢」的研究。但是他也是一個深信神祕主義的玄學家，常常捨棄正統的研究工作，探討釋夢學之類的玄學。

斯托深信靈魂不會死亡，並且公開宣稱他自己乃是墨非再世。維也納的市民無人知道墨非是何人，原來兩百年前墨非乃是世上最有名的一位數學家和絕佳的音樂天才，出自豪門，專喜研究夢境，國人都認為他是個怪人。斯托也同樣地被當代維也納的科學家稱為「怪人」。

6 —— 墨非的夢

墨非是英國一個巨富世家的獨生子。他七歲的時候，便展現了卓越的數學與音樂天才。抽象的數據是他腦中的玩具，坐在鋼琴前面，他的手指便會自動彈奏美妙的音樂，就如腦中可以調動數字與符號一般輕而易舉。他不是一個喜歡幻想的孩子，但是每天晚上都會做很多奇怪的夢，使他困惑，他逐漸養成習慣，每天早晨便將前夜的夢寫下來，他的「夢記」取代了一般兒童的「日記」。他描述的奇異古怪的夢境甚至宛似後代繪畫大師達利的抽象畫。

他在伊頓公學[14]就讀時，是數學學位考試的一等榮譽及格者，但是他從未中斷撰寫他的「夢記」。他同時研究心理學及心理分析治療法。他認為數學、音樂與心理學都具有一種夢幻式的特質，音樂是可聆聽的數學以提供心理樂趣。他的「夢記」不斷地成長，夢的真實性不亞於白天清醒時的真實經驗，於是生命便像是一場有順序與延續性的夢。他認為人類可以發明一種心理藥劑，用來控制潛意識的需求，甚至可以主動控管夢的內容，但卻被其他科學家嘲笑為荒謬的幻想。可惜墨非竟在夢想尚未成功前突然猝逝。

兩百年後，墨非的夢想終於被一位異國少年實現了，他就是維也納市的斯托。這位自稱是墨非再世的年輕學者，經過多年研究，發明了一種心理藥劑，可以促使人們主動控制自己想要的夢境，藥的名稱叫做「追弗」[15]，也就是利用一種文字遊戲，將原文字序顛倒組合，「追弗」，便是表示「追」求心理學大師「弗」洛伊德的意思。

7——飛翔的宮殿

體積宏偉的「梅杜沙」，擁有可以滿足任何帝王舒適生活的設施。遊艇中的空氣是純淨的人造臭氧，含有早春茉莉花的清香，溫暖適中；每天到了下午，天色便逐漸變暗，模仿黃昏，隨即燈光便逐漸亮起來，塑造夜晚的氣氛，因為空間設計的工程師與心理學家希望提供乘客們地球的時間韻律，以慰鄉愁；心理學家並堅持須在空中釋放少許無害的昆蟲，如蝴蝶、蜻蜓、甲蟲等在花木間飛翔，晚上也可在植栽盆附近放一些螢火蟲。

宮殿中有一座寬大的體育館，附設游泳池，每天清晨，許多乘客都會像古希臘的青年運動員一般，在此裸泳，享受無服裝束縛的自由。池底舖了藍色大理石，在人造陽光下閃爍發光。迪諾每天早餐前都會來，游泳是他最喜愛的運動，游在水中好似飛在空中，伸展的雙手就是自己的翅膀。體育館對面是圖書館與音樂廳，因為查爾深信古希臘的教育原則：健身必亦健心。

音樂廳內有一座大型德國鋼琴，孤獨地立在角落，會彈琴的只有泰雅和保羅神父。泰雅最喜歡到音樂廳來彈琴或聽唱片，她喜歡古典音樂；保羅神父與她嗜好相似，但他也愛聽一些非宗教性的世俗音樂，如馬勒[16]、荀白克[17]等人的作品。圖書館內除藏書以外，也收集了大批錄影帶、電影片、歌劇、舞蹈等放映資料。布堤喜歡在此閱覽或為迪諾王子選取上課的書本，保羅神父則常在圖書館角落寫他的傳道講詞，但是保羅神父的統領區域則是水晶禮拜堂；禮拜堂建立在遊艇的最上層，牆壁是透明的，室內的聽眾無法避免看見牆外漆黑的太空，心情未免不安，所以這神聖的場所除了在星期天以外，是罕有人光顧的。

8——太空遊艇的餐廳

餐廳炫爛華麗的牆壁及天花板與室外漆黑的天空形成了鮮明的對比，四週的舷窗由雷射窗簾遮蔽，後端牆上掛了一幅巨大的掛氈，氈上繡了充滿田野樂趣的風景；地毯則是綠色的，好似花園中的大草坪。

圓形的餐桌上鋪了橙紅色的桌布，環桌而坐的是羅基、布堤、迪諾、船長阿利、伊芝和她坐在高板凳上的小弟弟米密卡。服務生剛收走了湯盤，大家都看著米密卡嘴邊濃湯留下的白圈發笑，伊芝趕快幫他把臉擦乾淨。第二道菜是烤魚，接下來是燉鷓鴣，米密卡吵著要，但是伊芝已經為他拿了一塊草莓蛋糕，他高興地又吃了一臉的白糕；迪諾說：「你的白鬍子長得好快啊！」他毫不在意地爬下板凳，向羅基說：「搖搖！」

羅基說：「我知道你想騎在我背上爬，可是我吃太飽了，不行，等等再背你。」

他笑著又爬到迪諾的膝上說：「媽媽！」

布堤說：「我們都是他的媽媽，所以女權永遠不會在世上消逝！」

布堤正在吃一片櫻桃蛋餅，他轉身向保羅神父說：「媽媽佔據了所有孩子心中最高的地位，即使在我們父權至上的社會中，也沒有父親可以取代。女人也可以做很厲害的皇帝，例如埃及的克麗奧佩脫拉[18]，俄國的凱薩琳[19]大帝，中國的武則天等等。」

「還有耶蘇基督的母親瑪麗，人們也像拜神一樣地崇拜她，」泰雅向保羅神父說。神父一面點頭，一面把米密卡抱起來，米密卡高興地叫他一聲：「媽媽。」

迪諾說：「不對，叫爸爸！」

米密卡努力地學著說：「皮皮！」

餐廳每天開六頓飯，均播放適宜的音樂：晨八點是早餐，十一點是便餐，十二點是午餐，隨後是下午茶、晚餐和宵夜。廚房旁邊的冷藏室有大量的新鮮食物、魚肉海鮮，罐頭珍饌，以及每天以人工複製的有機蔬菜水果。酒庫中貯有歐亞各國的名酒。這座飛翔的宮殿以一定的速度在太空中行駛，如地球一般平穩，無任何震動。

布堤與迪諾在上完一堂艱難的哲學課後，到餐廳來享用一點便餐。餐廳的主要色彩是藍和綠色，仿效地球的青山綠水，以減輕乘客的鄉愁。伊芝微笑地走向他們的桌旁，迪諾與布堤同聲問道：「米密卡在那裡？」

「他在睡覺，」伊芝說。

布堤夾起幾片麵包乾，抹上厚厚的鵝肝醬，分給伊芝，然後向迪諾說：「求學可以令我們接近上帝，無神的學問都是徒勞無用的。」迪諾心想，我們不是已經下課了嗎？他就順便問伊芝說：「伊芝，你是否了解上帝的工作？」伊芝答道：「我知道上帝創造了牡丹和玫瑰花，令我們快樂。」

「是的，」迪諾眼睛看著他的老師答說，「可是當你被一隻蠍子咬到時，你也會覺得更接近上帝嗎？」布堤一面吃麵包一面回答：「我們無法了解上帝，就好像密蜂不了解我們一樣。」

窗外漆黑的太空同樣令人無法了解。迪諾按了一下桌上的一個按鈕，一片雷射窗簾立刻滑過來遮住窗口，簾上是一片田園風景，布堤看了很贊許地點頭。迪諾追問道：「上帝創造萬物，都是為了滿足自己的樂趣嗎？藝術家們在創造藝術品時，好像也不止只是為了自己的快樂而創造，難道上帝會對於人類的喜怒哀樂，漠不關心嗎？」

太空艇上的乘客都知道，讓米密卡爬在自己背上玩，是相當危險的遊戲，因為這小傢伙一旦騎上任何人的背，就會像肚子裡的蛔蟲一樣，賴著不肯下來。他雖然很小，卻相當重，背他的人必須千方百計地勸說或者以糖果利誘，才能令他下來，可是他下來後也會另外找一個玩伴，揮著他的小胳臂說：「媽媽，搖搖！」

9——雄偉的旅程

光陰似箭，迪諾王子離家登上這趟星際太空旅遊，已無計時日。查爾皇帝是為了教育他的獨子，才造出這艘太空遊艇的。他常常向皇后說：「感謝上天賜給我們皇子，但教育皇子是我們的責任，我們必須令他成長為舉世無雙的皇帝，就如希臘偉大的亞歷山大[20]大帝是由馬其頓[21]的腓力二世[22]培養出來一般。」

迪諾雖然年輕，自幼便接受了未來將登基治國的命運；但是他心中實在寧願自己只是一個地球上普通的小男孩！單調乏味的太空旅程增加了他的鄉愁，他不知漫長的星際旅程究竟有何教育目的，也不知查爾有何祕密動機。知道祕密用意的除了查爾本人以外，僅有遊艇上另外一人。

迪諾王子雖然只有九歲，卻是一個心智早熟的孩子。自幼深受寵愛，但也經歷了嚴格的管教。在太空遊艇上，陪伴他的是一群他自己選擇的年輕玩伴，但是查爾也送上了一個年輕的神父做為他的精神顧問，及一位知識卓越的年輕學者做他的老師。雖然如此，迪諾仍舊無法減輕身為王子的命運負擔。遊艇在漆黑空虛的太空中飛馳，雖然艇中有無數遊戲設施，都無法減輕他的無聊感及一種被無名精靈糾纏的感覺，他便會回到書房去撰寫他前生的回憶錄，描述他一度曾經擁有的無憂無慮的日子。

10——黑空

一個人造的夜晚，迪諾和保羅神父、布提、彼德、伊芝、羅基與泰雅，圍坐在一盞大吊燈下方的圓餐桌旁，享用名廚安瑞科精心烹煮的晚餐：西洋菜濃湯、冷龍蝦片、燉山雞與土豆泥、吉康生菜和草莓醬甜點。安瑞科稱為簡單的一頓飯，卻有帝王饗宴的品質。保羅神父和泰雅吃素，只喝湯，吃生菜和甜點，羅基卻吃得打了一個飽嗝。迪諾向他說：「我的好朋友，你要學學泰雅，少吃一點！」伴餐的音樂漸漸停了，饗客們各自起身回房。

迪諾的書桌前有一個巨大的舷窗，精準透明的玻璃卻不能減輕窗外黑色的威脅。他覺得上帝只愛護地球，太空則像墓穴一般又黑又冷。他按了一下桌上的按鈕，一片雷射窗簾立刻遮覆了舷窗，簾上彩色繽紛的風景是十八世紀法國名畫家華鐸[23]的作品，歡樂的少女在樹下徘徊。

他學到一個教訓：在太空中生存，必須把太空關到室外。

11——祖母

我醒來張開眼睛，自錦緞窗簾的縫隙間，看到一線陽光，表示今天將是晴天。我們的女僕有點懶，從來不把窗簾拉緊，雖然祖母曾經罵她，她說透氣一點比較好。

我每天早晨第一個看到的人是祖母，每晚最後看到的也是祖母。昨晚我夢見她送給我一隻小兔子，我好高興。祖母很疼我，但是每次我說我想要一隻可以抱著玩的小兔時，她總是說：「孩子，你已經有兩隻狗了！」其實一隻狗是媽咪的，而且這些狗跟我一樣大，我怎麼能抱著玩呢？我坐起來，閃爍的陽光令我想起祖母去年給我的一本圖書，書中是少女丹妮[24]的故事。丹妮被父親鎖在堡壘裡，因為一個算命先生曾告訴他，未來丹妮的兒子會殺死他。希臘的天神宙斯愛上了丹妮，就會扮成像陽光一樣偷偷射進窗來看她。

我看看鐘，趕快起來梳洗。珍妮敲門說道：「賀登少爺早！老太太叫你去陪她吃早餐，不然上學就要晚了！」我說：「我馬上下樓，」一面心中想著要不要告訴祖母我的夢。

12 —— 一件禮物

祖母今晨很高興，甚至多吃了半片烤麵包。她的餐盒旁邊有一封電報。她告訴我一個好消息：爹爹今天會回家，陪我們住三天，直到元旦。但是媽咪仍在美國，住在波士頓親戚家裡。祖母並不在意，我卻非常失望，因為這是第一次媽咪不回家來和我們共度聖誕夜與新年。

司機皮卓送我去上學後，便開車到倫敦去接爹爹回家。我放學回家時，就知道爹爹已經到家了，他和祖母坐在客廳裡等我。我雖然高興，也稍感羞怯，因為常在報紙上看見他的名字，覺得他是個名人。他把我抱起來說：「你長大很多了！」又向祖母說：「希望這孩子的頭腦也隨著身體長大，變得更成熟！」祖母看了我一眼說：「他玩的時候還是比念書的時候多！」爹爹笑著向祖母說：「孩子都是這樣的，我在他的年齡也是一天到晚玩。」然後他向我說：「賀登我兒，我有一個特別的禮物給你！」他隨即叫傑姆士到他的房間去拿來一個大包裹，外面印了一些德文。傑姆士幫我把包裹打開，裡面居然是一輛紅色的賓士跑車模型！我高興無比，立刻在波斯地毯上試開跑車，爹爹說：「在地板上開車比較好。」

我仔細地將玩具車檢查了一番，找到了它的開關，離合器、加油器、煞車等等，打開引擎蓋子，裡面是真的機器！喇叭會響，燈也會亮，我興奮無比。祖母說：「這玩具一定很貴，你把這孩子寵壞了！」爹爹說：「我情願寵壞一個好孩子，勝過責罰一個壞孩子。」然後他摸摸我的頭髮說：「好孩子，我很高興你喜歡我的禮物！」

聽爹爹叫我「好孩子」，令我很得意。記得小時候，媬姆看見我偷看妮克的內褲時，總是說：「你這壞孩子，不乖！」

爹爹和媽咪都很少回家，他的名字和照片卻常登載在各種報紙雜誌上，我看到時會感到愛慕，尊重和些許無名的敬畏，他代表了某種權力的象徵，也是我崇拜的偶像。我曾經聽見同學和佣人們說，他是歐洲最有名的大富翁之一。

祖母比我更想念他，每次她收到他的信時，都會告訴我他在何處，可是從不說明在做什麼工作。我也常常收到他自國外寄來的五顏六色的明信片，使我對地理課感到興趣。

爹爹曾經向祖母說：「政治和戰爭是成年人的遊戲，我也常常被糾纏其中，其實這些遊戲都很幼稚，卻無人肯放棄！」泰唔士報[25]曾經稱讚說爹爹是英國的「泰里倫」[26]，法國晨報[27]稱他為「米特尼」[28]第二，我不知道這些名人是何人，也不知可以自名人辭典中查出，只是想改天問問祖母，她什麼都知道。

二十世紀末年，喜愛藝術的人們逐漸轉向崇拜藝術，藝術成為他們的宗教，藝術家便是他們的偶像。

然後，巴黎和羅馬突然發起了一波反藝術運動，如同晴天霹靂，藝術崇拜者的「愛慕」好似被背叛一般轉變成「憎恨」，他們形成了一個巨大的「恨藝術」政黨，許多暴民便趁勢混入，破壞藝術品，炸毀美術館、音樂廳，襲擊私人收藏，如同野火燎原，即使烹飪藝術亦不能倖免。他們聲稱藝術侵襲了視聽感官，煽動人們淫慾的主凶，必須被消除始可達到自我克制，淨化生活的目標。

二百年前，英國人盧德派[29]曾經發起了反工業革命運動，但未能破壞所有取代人工的機械；反藝術運動的成功率則高出千倍，巴黎、羅馬、紐約、華盛頓等地的各美術館，均在一週內被摧毀殆盡；雖然如此，少數叛黨者仍舊救出了一些藝術品，埋藏在地窖墓穴內；美好的藝術品逐漸自記憶中消失，然而記憶卻永續留存。

15——固執的記憶

迪諾王子在他寬大的書房中寫文章，書房的牆面遍佈古希臘的神像浮雕，像是保護他的衛兵。忽然有人敲門，迪諾一面說：「請進！」一面用按鈕開門，進來的是好友羅基。「敬禮，好朋友！」他說：「希望沒有打擾你的工作！」

「哪兒的話，好朋友，很高興你來陪我！」迪諾笑著回答，露出他雪白的牙齒。「我不是在做功課，只是在寫點東西；寫作給予我的存在感，甚至超過思想。」

「你是否在引用巴斯卡[30]的一句名言？」羅基問。

「不是巴斯卡，是迪卡兒。」迪諾答。

「對了，迪卡兒曾經說：我思想，所以我存在，是嗎？天賜你這麼好的記性！我是什麼都記不住。」

「記性好是相當有用，可是不一定有福氣，」王子答。「思想好才是上天恩賜給人類的禮物；貓狗就不會想，是嗎？」

「動物也會想，」羅基思索了片刻回答，「至少牠們會想食物，也許螞蟻想的還不止是食物，牠們的社會組織嚴密，應該表示牠們是有頭腦，能夠計劃的，不是嗎？」

「我不知道，我們問布堤老師吧，他無所不知。」

羅基卻不想放棄這個深奧的問題，「思想來自頭腦和靈魂，人死了頭腦就消失了，如果靈魂不朽的話，迪卡兒應該還在繼續思想，他是個永生不朽的人嗎？」

「他可以算是永生不朽，」迪諾答，「但是如果他不曾把他的思想寫下來，我們就不會知道他想了什麼，他寫了，所以他存在。」

16 —— 天下太平

反藝術運動轟轟烈烈地鬧了約十幾年，卻在太陽帝國的新皇帝查爾登基的那一天，以不光榮的方式消逝了。

藝術復活了，但是受過長期壓抑的創造精神不容易立刻復甦；名畫與雕塑紛紛自躲藏的地方湧出來，卻無家可歸，因為美術館、畫廊都已被摧毀，因此均被私人收購，也可說是找到它們的新家。人們雖已開始興建新的美術館，卻須經過長期收集，始可問世。創造性的藝術倒退了十多年；表演藝術人才更須重新訓練方可登臺，觀眾的欣賞能力也需要重新培養。

查爾自他的寶座統轄全國，穩如泰山；他聲稱以愛治國，用戴了絲絨手套的鐵掌指揮一切。國內沒有叛變，沒有暴動，匪諜叛徒均已銷聲匿跡，人民安居樂業，生活中充滿了烏托邦式的幸福感，可謂天下太平。

這和平的世界並非產生自征戰勝利，而是由一劑神藥促成，神藥的名字叫做「追弗」。

「追弗」是一種忘憂藥，任何人都可服用，它可使腦中產生幻覺，任何不合群、不滿現狀、受挫折、不得意的男女，吃了「追弗」都像如魚得水，生活變得好似一場好夢，所有的夢想與期盼均在夢中實現；日復一日，信徒因而深信自己的夢境，反而認為現實生活只是一場惡夢。

「追弗」是經成年男女性器官的染色體傳遞生效的，對於孩童及未成熟的青少年毫無影響，這是很自然的現象，因為孩童本來就活在自己的夢境中，自得其樂。

18——製藥過程

「追弗」，最初以可治萬病的新藥問世時，衛生局的首長以為它是像鴉片、嗎啡、海洛因一般的麻醉藥，禁止販售服用。

斯托花了一年時間，以實驗證明「追弗」乃像水一般無任何毒性，查爾皇帝便立即取消了一切禁令，老百姓不須任何醫生開藥方，即可像維他命一般購用；但是製造「追弗」卻須嚴格控管，是政府的專利。

以掩飾為目的，「追弗」被製成各種大小、形狀和顏色：丸狀、片狀、膠囊、塊狀；重量由五十至一千毫米；強度最高的屬於紅色系統：深紅、硃紅、紫紅、粉紅等，其次是黃綠色系統：土黃、橙黃、橄欖綠、裴翠綠等，最弱的是藍色系統：青藍、碧藍、鈷藍等。藥品的信徒買藥時，每人可以自十種不同的形狀及二十五種不同的顏色系統中，各選所需。查爾是一個聰明的皇帝，他不但滿足了人民的需求，也照顧了每個人的特性與怪癖。

按照查爾的規定，「追弗」的信徒有他們專用的住宅區，位於大西洋和太平洋中偏遠的島嶼，也就是傳說數千年前因地震被海洋吞噬的亞特蘭提斯[31]的遺趾。信徒們並不在意被隔離，他們好似古希臘詩人荷馬描述的「食荷花族」[32]，經常生活在夢境中，夢境乃是逃避生活最佳的選擇。感謝「追弗」，每人都可以在夢中實現自己最喜愛的生活；醒來後，就高高興興地到「追弗」工廠去工作，製造自己需用的神藥。

保羅神父認為「追弗」信徒是罪人，雖然他們只在夢中犯罪，布堤則反駁道：「柏拉圖曾經說過，好人夢想的就是壞人在做的壞事！」保羅仍舊堅持壞事和壞思想沒有分別，壞事乃生自壞的思想。

布堤沉思片刻，心想那些寫偵探小說和謀殺案件的作者，是否都可能是兇手呢？他卻不便明說。但是他身為學者，有興趣研究信徒們的心理，他把信徒分為四群：

一、有野心，喜歡掌權的：在夢中做皇帝，指揮萬民。

二、喜歡打架的：夢中是打勝仗的將軍，征服四海。

三、好色的：夢中妻妾成群，或隨意光顧妓院，或在森林中，小溪畔，與仙女嬉戲玩耍。

四、好吃的：夢中享受各種盛宴，名酒美食。

一旦「追弗」的藥性發揮完畢，夢中的威權與榮譽感及肢體五官的歡愉感便隨之消失，信徒們必須面對現實，現實卻不具任何真實感，他們必須逃避現實，追逐夢境。

20 —— 打不完的仗

查爾統治的地球，終於成為有史以來天下第一個和平的國家，「戰爭」變成了一個歷史名詞，但是仍然有一場打不完的戰爭騷擾人民：戰爭的仇敵乃是「無聊感」。

無聊感一向是世上凡人的勁敵，兒童用上百種玩具或遊戲與它征戰，成年人則各按個人的能力應付它；聰明人用祈禱或冥想為武器，不大聰明的靠研究學問，笨人拚命追求財富權勢，傻瓜則靠狂歡痛飲的宴會消愁。偉大的太空遊艇雖擁有精美絕倫的設施，乘客們仍難逃無聊感的襲擊。

迪諾王子煩悶無比時，卻找到一個心醉神馳的遊戲：名字叫做「方城之戰」，進入戰爭，就不會感覺時間的消逝，消滅了時間，便征服了無聊感。

21——方城之戰

方城之戰這迷人的遊戲，原來是中國人發明的，原名叫做「麻將」，廣東話發音是「麻雀」，查爾認為這名字不正確，而原名應是「方城之戰」。這遊戲發明在橋牌以前，象棋以後，卻較橋牌及象棋均更引人入勝。據說約四百多年前，中國浙江省寧波的漁夫赴深海捕魚時，常常藉這遊戲消磨時間，為漫長的航程解悶。保羅神父說：猶太人為世人貢獻了一本書，中國人貢獻了一個遊戲。

在太空遊艇的遊戲室中，一場方城之戰正如火如荼般進行：四位戰士坐在方桌四方，布堤對面是迪諾王子，伊芝對面是羅基，伊芝贏了第一場仗，他們正準備下一場：一百四十多塊小方磚經由推移混合後，重新被組合為四道圍牆，圍出一個方城。緊張的戰爭剛開始時，米密卡忽然搖搖擺擺地爬上伊芝的膝頭，他也要玩。伊芝把他推開說：「別搗亂，去玩你自己的積木！」米密卡卻開始去抓牌，他認為這些小方磚就是他的積木。「不要抓，拜託！」布堤大聲向他說：「乖孩子走開，我等下讓你騎在我背上！」

米密卡回答道：「媽媽，嘎嘎！」

「嘎嘎是什麼意思？」布堤問伊芝。

「嘎嘎！嘎嘎！」米密卡揮起他的小拳頭，推翻了幾塊牌，伊芝把他推下身去，他就跑到羅基面前，見羅基正在吃一塊牛奶糖。「波波，媽媽，波波！」

「天下不太平，叫我們如何打仗？」布堤一面說，一面塞了一塊糖在米密卡嘴裡。餵糖確是有用的一招，小傢伙終於跑到房外去了。

戰士們正在標分數時，房間忽然變得漆黑。「米密卡！」四人齊聲叫道，燈光忽然又亮了，米密卡笑咪咪地站在開關按鈕旁邊的小板凳上。「你馬上下來！」伊芝說著向他跑過去，燈忽然又關了，房間就這麼一黑一亮，隨著小頑童不停地按開關，直到伊芝把他從板凳上拖下來；他的新衣服已經被口水和糖漿塗抹得亂七八糟，他依舊戀戀不捨地抬頭注視著牆上高不可及的開關按鈕。

每天做功課，都要花好長，好長的時間；但是做完功課的快樂感都非常短暫，很快被無聊感取代。我向窗外看，月亮還沒有出來照亮花園美麗的花卉。女僕珍妮來為我拉窗簾，我問她：「妮克在廚房嗎？」她卻回答道：「妮克已經回家了，賀登少爺。」雖然如此，我還是下樓到廚房去，假裝是要去喝點牛奶，廚師們紛紛和我打招呼，但是廚房裡沒有妮克，就像一間空房子。我走到前廳，又轉進音樂室，媽咪很久沒回家了，鋼琴就沒人彈，我掀開琴蓋試彈了幾聲舒曼的幻想曲，卻鼓不起興趣，就上樓去看祖母。

祖母的房間瀰漫了清甜的薰衣草香氣。她會告訴我爹爹的訊息，或者和我下棋，雖然我總是輸給她，但是我很喜歡觸摸那些象牙和烏木雕塑的棋子。她的衣櫃上有一個綠色的皮盒，平常是鎖起來的，常常引起我的好奇，她見我對著綠盒子注視，便問道：「你有什麼心事，孩子？」我答說：「沒什麼，只是閑得無聊。」

祖母坐在躺椅上，膝上放了一本翻開的聖經。「你過來唸一段吧！」她說。於是我坐在跪墊上，按著她手指的位置唸：「他們把小孩子帶到神前，請神觸摸，神的弟子責備他們，但是耶蘇卻說：不要阻止他們，天國是寬宏的。」

我唸不下去了，祖母不安地注視我：「賀登，你怎麼了？你懂得剛才唸的那段話嗎？」

我點點頭，但是我不覺得自己屬於天國，我只覺得厭煩無趣，聖經要為我解悶可比不上妮克。

「奶奶，」我說道：「我不想唸了，我們還是下一盤棋吧！」

「也好，你去拿棋盤，也可以拿幾顆盒子裡的冰糖板栗。」

「那個盒子？是那綠色的皮盒子嗎？」

「不是，」她稍顯嚴厲地回答，「在白紙盒裡。」

她看穿了我假裝的疑惑。

23——妮克

禮拜天是安息日，所以我總是在禮拜六就把所有的功課做完，因為祖母不喜歡我在安息日工作；可是她卻不在意花匠在花園裡工作，女僕們也像每天一樣地打掃房間，亨利廚師還是得燒飯。司機皮卓清晨就去做彌撒，然後早餐後開車送祖母和我上教堂。

今天天氣很好，春光明媚。我陪祖母享用了一頓輕便的午餐：蔬菜清湯、鮭片拌生菜、烤蘋果和瑞士酪餅。珍妮收走了杯盤後我就請祖母允許我下桌，然後趁她不注意時偷偷溜到廚房去找妮克。妮克正在廚房裡吃肉餅，豐滿的紅唇沾滿了餅屑。

妮克是本村鐵匠的女兒，她才七歲，比我小三歲。深褐色的捲髮，明亮的大眼睛配上桃紅的嘴唇惹人喜愛。她是珍妮的姪女，因為幼年喪母，常常到我們家廚房來玩，廚師和佣人們都對她很好，亨利會為她做杏仁餅以及果醬點心等，皮卓也很喜歡她。

我走進廚房時，亨利正從烤箱裡拿出熱騰騰的杏仁餅，這是我最喜歡的零食。

「我得找個地方把這些藏起來，」他大聲說，「不然小傢伙馬上就把它們吃光了！」

珍妮卻笑著說：「沒有用，妮克的鼻子比狗還靈，不管你怎麼藏她都會找到的！」

妮克的眼睛正睜大了隨著亨利移動，但是她忽然看見了我，便擦擦嘴唇，高興地跳起來對我說：「我們去打槌球！」我說：「不行，打槌球太吵，奶奶會不高興。」其實祖母一向不喜歡我和妮克玩，不管吵不吵。

「那麼玩捉迷藏好不好？」

「好吧，不過我抓到你時，你不許尖叫！」

「這回你可捉不到我，等著瞧！」她自負地笑著說。

「你不可以犯規啊，」我說：「不許走出花園，也不許到屋裡去！」

「當然，可是你還是找不到我！」她抓了一把杏仁餅就從廚房跑出去。

我面對牆數了十下，然後衝進花園。按照我們定的規定，花房、車庫、馬廄、工具棚都算是花園的一部份。花房香氣迷人，可是她不在花房裡；我到馬廄搜尋每匹馬的席位，也沒有她的蹤影；然後跑進車庫，心想她也許躲在汽車裡，我先後打開了祖母白色的法斯基尼[33]車門，爹爹紫紅色的拉公達[34]和黑色的戴姆勒[35]車門，媽咪俏皮的綠色布加蒂[36]敞篷車，都找不到她。皮卓站在閣樓的窗口，他知道我們在玩捉迷藏，就說：「妮克不在我房間裡，不信你可以上來看！」就在這時我聽見笑聲，我打開了皮卓黃色的凱迪拉克[37]車門，沒有人，忽然行李箱蓋子開了，妮克跳出來說：「我贏了！」

我三歲的時候，稱呼母親為媽媽；一直到上小學兩年後，才改叫她媽咪。我的法國保姆杜拜小姐非常崇拜媽咪，但是和我談話說到媽咪時，她只叫她為「你的母親」。

一天下午放學後，皮卓接我回家，我下車時聽見鋼琴聲，媽咪回家了！皮卓沒告訴我這好消息，因為他想給我一個驚喜。她正在彈司加拉帝[38]的奏鳴曲，就是她曾經教我彈的曲子。我扔下書包，飛奔音樂室。

媽咪很少在家，她經常陪爹爹到外國參加會議，順便拜訪她的私人朋友。有一次我問她可否帶我到瑞士去滑雪，她說：「寶貝，當然可以，不過要先問問你的奶奶。」祖母卻不同意，第一，她不想讓我離開她，此外她認為媽咪在國外時交際太忙，不可能好好照顧我。我多麼希望可以常常看到媽咪，可是她即使回家來也只短短停留幾天。

25 —— 皮卓

春天的禮拜天早晨，我照例陪祖母在花園的大樹下享用輕閑的早餐。祖母吃得很少；一小杯柳橙汁，一片烤麵包，一個水煮蛋和一杯不加糖的茶，但是她喜歡看我狼吞虎嚥豐盛的餐點。天氣這麼好，我一吃完便迫不急待地想去逛花園，她卻把我叫回來，首先要看我禮貌地用餐巾擦嘴，然後囑咐我加一件毛線衣，不要著涼。

花園一角是我家龐大的車庫，我很喜歡巡視裡面五顏六色的外國汽車，有綠色的、紫紅色的、黑色的，最耀眼的卻是司機皮卓自己的凱迪拉克，一輛艷黃色的美國車。皮卓就住在車庫的閣樓裡。我很喜歡到皮卓房間找他談天，雖然祖母不喜歡我和佣人們混在一起。

「早安，賀登少爺！」皮卓打開窗戶向我問好。

「皮卓，早！」我抬頭說，「我可以上來嗎？」

「當然可以，歡迎！」他露出雪白的牙齒。

我沿著狹窄的樓梯跑上去，他在把一本雜誌收起來，我看見雜誌封面上是一個赤裸的少女。

「給我看看好嗎？」我說。

他把雜誌卷起來塞在枕頭下面。「給你看了，老太太就會開除我！」他一面說，一面脫掉他的浴袍，光著健壯的身子，我看見他直挺的雞雞，就笑起來。

他立刻穿上內褲，然後套上西裝，在鏡前仔細梳洗。

「要去做彌撒嗎？」我問得有點多餘。皮卓是一個虔誠的天主教徒，安息日的清早一定去教堂，再回來載我和祖母去。

「是的，賀登少爺，做彌撒。」

「我可以在你房間玩嗎？」

「當然可以，不過你的奶奶可能會不高興！」他坐下來穿皮鞋，然後跑下樓去。我等他走了，趕快從他枕頭下面抽出那本雜誌，雜誌裡登載了許多赤裸少女，以各種姿態或站或臥，也有的和光身的男人摟抱。

最後一頁有兩張滑稽的漫畫，第一張是兩個青年男女擁抱著躺在一條鐵軌上，第二張是一列火車正朝他們開過來，火車駕駛正在對他們大吼，畫上寫著：「我來了，你來了，她也來了，我停不住，她停不住，你非要停下來不可！」我看不懂是什麼意思。

我把雜誌卷起來放回在枕頭下面。

五月一日是假日，我照例賴在床上多睡一會。金色的陽光已經從窗戶灑進來了，令我想起在教室念過的少女丹妮的故事，金黃色的宙斯如何射進丹妮被封鎖的高塔。女僕瑪莎敲敲門說：「老太太要你到陽臺去吃早餐！」

我不敢讓祖母久等，趕快梳洗完跑下樓去。艷陽下的桌布是雪白的，祖母在品嚐她例行的煮蛋麵包早餐，我的早點可豐富多了：柳橙汁，水煮蛋奶油吐司，清蒸鱠魚，水果拚盤和一大杯濃稠的新鮮牛奶。吃完早點，我就到花園去玩，正在蝴蝶與蜜蜂環繞的花叢中穿插時，眼睛忽然被一雙小手遮住，原來是妮克。

「你嚇我一跳！」我假裝生氣地說。她笑起來。

「我就知道你聽不見我來，我的腳步和小貓一樣輕！」她一面說，一面掏出一塊杏仁餅開始咀嚼。

「你的胃口也和小豬一樣大！」

她拿一塊杏仁餅來向我講和：「我們玩捉迷藏好嗎？我們到馬廄那邊去玩！」

「別那麼大聲說話！奶奶不喜歡我和你玩！」

妮克已經向馬廄跑過去了。我數了十下然後開始在灌木叢中找她，再跑到馬廄裡一欄一欄地找，走到最後一欄時，看見妮克蹲在地上，注視兩匹在交配的馬。

「妮克！」我說，「你怎麼沒有躲起來？！」

她看了我一眼說：「這個比捉迷藏好玩。」她突然拉著我的手說：「你來跟我玩！這裡沒有人，一個人都沒有！」

她把我拉進一個空畜欄裡，脫掉內褲，兩腿攤開躺在稻草堆上。我看見她粉紅色的陰部，也興奮起來，我跪在她雙腿中間。撐開她柔軟的陰唇，聞到一股猩氣，想起祖母曾經說過小女孩是骯髒的。

「來呀！」她慫恿我，我終於笨拙地把雞雞推進她的陰道。

「學學那匹馬！」她說，「進進出出！」

難怪皮卓說她不是一個害羞的小姑娘。

睡覺以前，我照例到祖母房間和她說晚安，她正坐在躺椅上看書，我在她身旁的矮凳上坐下來。她問我：「功課做完了嗎？」我說：「做完了。」

「好孩子，」她說，「不過你還是太喜歡找妮克玩。」

我以為她又要告訴我小女孩是骯髒的，她卻說：「去把衣櫃上那糖果盒拿過來，」然後叫我從盒子裡自己選糖果，一面說，「吃完了記得要刷牙。」我把糖果盒放回去後，就問祖母旁邊那綠皮盒裝了什麼，可以看看嗎？

她說：「可以，孩子，裝的可不是你喜歡的東西。」

她用一枚小小的金色鑰匙打開盒蓋，我驚叫了一聲，原來那黑羊皮襯裡的盒子裡面，裝的是各種彩色繽紛的珠寶：戒指、手鐲、項鍊、耳環、飾針等，美不勝收，我卻從來沒看見祖母穿戴這些珠寶。

「好美啊！」我叫道，一面拿起一枚鑲了珍珠的白金戒指細看。「是很美，」祖母說，「這是魔鬼做來引誘人的東西。」

我又拿起一顆球型的紅寶石戒指，看得入迷。「這是你爺爺送我的婚姻紀念禮物，很久很久以前。」

我把第一層珠寶盤拿起來，下面是各種不同的珠寶和古羅馬金幣。另一枚戒指引起了我的注意，我把它套在我大姆指上，它發出閃爍的紅光。「奶奶，這是什麼寶石？」我問她。

「這寶石叫做亞歷山大石，它晚上發紅光，白天是綠的。」

我輕輕地觸摸它。「奶奶，」我小聲問，「我今晚可以戴這顆戒指睡覺嗎？我想看它明早會變甚麼顏色。」

「好吧，」她說，「你真喜歡的話，這戒指就送給你，算是你紀念我的禮物。」她把戒指從我大姆指上移到中指，然後說：「現在戒指太大了，等你長大點就會合適的。」

我驚喜萬分地跳起來親吻她：「謝謝奶奶！」我想明天就把戒指戴到學校去給同學看，可是祖母說：「好好保存這枚戒指，不要拿到學校去，別把它弄丟了。」

在太空中，最無音樂嗜好的人也會被音樂陶醉；音樂可以舒緩漆黑寬廣的天空引發的畏懼感。梅杜沙遊艇每天都按時播放各種管弦樂、協奏曲、歌劇、合唱曲等。音樂好似無形的絲線將人們的腳與地球聯繫。

迪諾王子剛打贏了一場方城之戰，對手是伊芝，羅基和泰雅。他回到書房寫他的回憶錄，但是眼皮漸漸變得沉重，筆也從手中滑下來，他於是走進臥室躺下來。床對面的牆上掛了羅素的大型名畫：「熟睡的吉普賽人」。

這幅畫原由紐約的現代美術館收藏，反藝術運動時被搶救出來，由查爾收購。迪諾愛上了這幅畫，便帶它同度太空旅行。畫中膚色黝黑的吉普賽人身披彩色斗蓬，熟睡在荒野地面，身邊是他的吉他；一隻大獅子正在低頭聞他的氣味，好像一隻大貓。明月高照，萬籟俱寂，吉他不奏樂，獅子不吼。

弗洛伊德曾經針對古代達文西的藝術作心理分析；這幅畫則是在弗氏有生之年畫的。迪諾很想知道如果弗氏看過這幅畫，他會做出何種心理分析；思念之餘，也就隨著熟睡的吉普賽人進入夢鄉。

太空旅客都不免受到「廣場恐懼症」的侵襲：在精緻完美的船艙中，只要用按鈕撥開雷射窗簾，寬廣無邊的天空便會觸發原始的孤寂無助感。如何可使太空旅程不但舒適而且有樂趣，是一門大學問。

迪諾隨布堤上完了一堂古代歷史課，在書房喝茶休憩，他懷疑亞歷山大征服世界的雄心，是否不如迪歐吉尼斯[39]在浴桶中享受思考哲理的樂趣。羅基，泰雅和伊芝也同來飲茶。迪諾問：「米密卡在哪裡？」

「他在睡覺，」伊芝說，「我好不容易可以享受一點自由。」

茶几上堆滿了各種糕餅點心，桌子上方舷窗前的窗簾，覆蓋了波提切利名畫「春天」的絹印。「春天」突然消失了，變成一個大黑洞。所有喝茶的人全部易口同聲的喊：「米密卡！」又一同轉身向門前看，那小傢伙正笑咪咪地站在按鈕旁邊。伊芝大聲向他叫道：「米密卡，馬上把窗簾按回來！」米密卡卻不顧姐姐的指令。

「來看啊！有太空輪船過境！」羅基大聲喊，所有的人便都衝到窗口。其實太空中常有自地球往返的船隻，但罕於空中相遇。這是一艘非常巨大的輪船，因為離得很遠好似極小。「天空黑得好可怕啊！」泰雅喊道，布提趕快去把窗簾按回來。

「可惜春天是波提切利唯一被救回來的名畫，義大利人在反藝術運動時代不知毀滅了多少好畫！」

布提隨著談起反藝術運動的後遺症：藝術界經歷了五百多年的黑暗時代，一面咀嚼一片塗滿了魚子醬的烙餅。「藝術像植物一樣，需要適當的土壤和氣溫培養，和長期的成長。目前我們的藝術家只會摹仿，不知創作！」

「成年人在玩兒童的遊戲！」伊芝向泰雅說。

泰雅沒有回答，她正在為布提畫一張速寫：袋鼠猛吞魚子醬的蠢樣。

保羅神父講道的時候，常常會用一種懷舊的心情形容伊甸樂園，好像那曾經是他的故鄉。一天下午，當大家在圍坐喝茶時，羅基說：「我們都知道亞當和夏娃是因為違背了上帝的指示，吃了知識之樹的禁果而被趕出天堂的，我覺得罰得太重了，錯誤不能全怪他們。」迪諾同意說：「不錯，知識之樹的誘惑原是上帝塑造的，不是嗎？」保羅神父回答說：「上帝是公正的。祂創造了和睦豐富的伊甸樂園，有獅子和羔羊，螞蟻和食蟻獸，眼鏡蛇和老鼠，鯊魚和老鷹、駝鳥、大象，」

「還有蜘蛛和蝎子，」羅基說。「和黃鼠狼，」布提又加了一句。迪諾笑著追問：「人類有頭腦，就會有好奇心和理解力，有頭腦是否是一種福氣呢？」

保羅神父不回答，卻轉問布提：「你以為如何？」

「有頭腦不是有福氣，」布提答，「有頭腦就會思想，會想就渴望有知識，就甚麼都想知道，就不能像飽食的貓狗一般享受甜蜜的閑暇，閑暇反而變成苦悶的無聊。」

「我們在太空中旅行也是為了求知，而不是追求快樂，」迪諾說，「人類有了知識，就製造了機器，變成機器的奴隸就享受更多的閑暇，把人類趕出天堂的不是上帝，而是苦悶的無聊感。」

安瑞科廚師覺得每天開飯的程序偶而需要有點變化，所以決定辦一場「茶宴」，就是將下午茶和晚餐合併，乘客們會覺得比較有趣，而他也可以節省不少功夫。

玫瑰花和含羞草點綴著華麗的餐廳，沿牆長櫃上光亮的銀盤裡陳列了烤鱒魚、煎魚片、燉山雞和牛肉凍；玻璃缽中是翠綠的蘆筍和各種生菜，磁碟上排列了七八種乳酪，麵包，糕餅點心，美不勝收。

布堤邊走邊讚不絕口，迪諾跟在後面說：「看著都要流口水！」羅基說：「安瑞科真好，他想使我們快樂，就像那個英國哲學家，名字叫班甚麼我不記得了，我的記性真糟！」

「你說的是班賽姆[40]，但他只講理論，安瑞科卻可以實際做出來，好多了！」

泰雅一面選生菜和調味醬一面說：「班賽姆的理想是要使最多的人享受最大的快樂，對嗎？」

「是的，」布堤答，「其實班賽姆也不僅搞理論，他也促成了改革監獄的計劃。」

布堤一面說，一面再選了幾片烤魚，「改革監獄，是為了使犯人快樂一點，」迪諾略帶嘲諷地說，「但是沒有自由的人可能快樂嗎？雖然也有人認為關在牢裡的犯人很快樂，因為他們有安全感。」

「但如果被判了死刑呢？」泰雅問。

迪諾沒有回答，卻繼續思索：「我們在太空中飛行，像鳥一樣自由；我們不再被地心吸力鎖在地球上，但我們的自由是否令我們快樂呢？」

這時伊芝進來了，保羅神父問她米密卡怎麼沒有來。她選了盤燉肉和生菜沙拉。「米密卡在睡覺，」她說：「如果他來了，大家都不能好好享受佳餚，我尤其不能！」

談話的內容由班賽姆的理想轉為共產主義。茶宴時的討論不拘內容。保羅神父說：「共產主義和聖經的新約有些相似的地方：他們都有心幫助窮人；但是共產主義和資本主義也有相同之處：他們都拼命賺錢，前者賺給國家，後者賺給私人，」他喝了一口茶繼續說，「窮人貪圖富人的財富，所以永遠跟在後面追，」

「保羅神父，」布堤邊吃邊插口說：「你常常教導我們不要渴望財富。」保羅微笑回答：「那是聖經的教導。」

伊芝正在專心享用一大盤牛肉青豆凍，但是她也沒忘記替米密卡留了一塊蛋糕和紅糖點心。

「言歸正傳，」迪諾說，「我們剛才的論題是快樂，吃飯的時候討論快樂比談政治宗教合適，不是嗎？」

「不錯！現在太陽帝國裡沒有不快樂的人，如果有，他們也可以在夢境裡尋快樂，」羅基希望迪諾會讚許他的意見。迪諾正在吃甜點，他答說：「快樂可以感覺，憂愁只能傳染。」

「為什麼？」大家同聲問。

布堤為他解答：「憂愁的種子太沉重，無法在空中飄浮，我們要有同情心才能了解別人的憂愁，偉大的作家或演員可以引發我們的同情心，所以說憂愁只能傳染。」

「任何人，如果身邊有痛苦的人，都不可能快樂，」迪諾繼續說，「所以皇帝或者國王最重要的任務就是要使每人快樂，但談何容易！」保羅神父卻說：「心靈純潔的人很容易快樂，」

「他總是在傳教，」布堤心想，「我了解快樂是一種精神態度，」他說，「物質快樂比較容易獲得，卻不容易保持。」

泰雅和保羅神父是素食者，只吃些青菜和乳酪。泰雅認為她最大的快樂是使別人快樂，她說：「只有兒童了解快樂的意義，你們看米密卡多麼快樂！不過現在人如果不快樂，也可以在夢中獲得快樂，感謝斯托發明的追弗，聽說信徒們認為夢中的人生和醒時一樣真實。」

「斯托實現了班賽姆的快樂哲學，」羅基說，「不過我也聽說某個希臘學者曾經說過，好人夢中追求的就是壞人白天做的事。」

伊芝和羅基一樣愛吃，所以來不及說話，但是她終於想起要問保羅神父一個問題。「你上週講道時，說邪惡的思想是一種罪過，我不懂：難道想你的仇人死和殺死仇人一樣有罪？」神父點頭說：「是的，在上帝眼中，沒有分別。」

「吃飯的時候不要談罪過，有傷食慾！」羅基說，「神父，你對追弗有甚麼看法？」

「你問我一個很窘的問題，」神父答。

「我不懂的是神藥為什麼叫做追弗？」布堤說。

「我知道，」迪諾王子說，「追弗是把弗洛伊德名字裡面的五個英文字母重新組合出來的，弗洛伊德的英文是Freud，重新組合成Drefu，又有追求大師的意思。」

「答得好，」羅基說，「但是我也有一個不同的答覆。追弗可能是一個頭字語：『夢』的英文是Dream，而『實現』的英文是Fulfillment，用夢的頭三個英文字母加在『實現』的頭兩個字母前面，就變成Drefu：追弗。」

32——祖母請凱特飲茶

凱瑞娜的朋友都叫她凱特，我有時叫她「凱」，表示親密，祖母很不贊同，她不喜歡任何簡化的名字，例如把羅伯特叫伯布，把理查叫迪克，把湯姆士叫湯姆等等。

凱特是我的同學，雖然我們不同班。祖母常常聽我說到她，決定請她來喝下午茶，順便看看她是否適合做我的玩伴。她很不喜歡我總是找妮克玩，但又不忍心禁止。

「凱特，」祖母向我說，「她名字一定叫凱莎林吧？」

「不對，」我答，「是凱瑞娜，可是大家都叫她凱特，老師除外。」

「老師比較有頭腦！」祖母說。

這天下午天氣溫和，陽光普照，我們在溫室飲茶。凱特端莊嫻淑地坐下來，拿起茶杯以前，先誇讚室中的玫瑰花如何美麗，並謝謝祖母遞給她的蛋糕。亨利做的橙醬餡餅非常好吃，我一連吃了三個，她卻吃得很慢，我暗想：「她好有禮貌啊！

祖母怎麼會知道其實她也是一個野丫頭！」

祖母問起她的家庭，她說有一個哥哥，沒有姐妹。

「賀登沒有告訴我，否則我會請你和哥哥同來飲茶。」

「多謝您的好意，可是約翰在瑞士念書，暑假才會回來。」

「約翰這名字很好，是基督徒的好名字。」祖母說，她覺得賀登這名字不好，好像是異教徒。

「我很喜歡賀登的名字，比較特別。」她說，我偷偷將手伸到桌子下面，摸摸她的膝蓋。

「你的名字很美，凱瑞娜！」祖母說。

「可是大家都叫我凱特，好難聽！」她在桌下回捏一下我的手。

我輕輕抓她一下，她向我做個鬼臉，還好祖母沒看見。她很仔細地吃點心，常常用餐巾把嘴擦乾淨。

「我要去休息了，」祖母終於站起來說，「你們可以下一盤棋，賀登，你要好好招待你的朋友。」

祖母離開後，我拿出棋盤，可是凱特說：「下棋多沒意思！」我問她要不要去打槌球或者騎馬，她說：「不要，有刺激的事才好玩，我們坐汽車出去逛好嗎？」我拉著她的手跑向車庫，她看見綠色的布加蒂便說：「就這輛，這像是一輛快車！」我說：「不行，這是媽咪的車！」這時皮卓出現在閣樓窗口，「皮卓，」我大聲喊，「我們可以上來嗎？」

「當然可以，賀登少爺！」

「這是凱瑞娜，我們剛才在和奶奶喝茶，你開車載我們出去逛好嗎？」

「好啊，不過妮克在我房間裡。」我們上樓一看，果然看見妮克蹺了一隻腿坐在椅子上看圖畫書，她和凱特互相對望一眼，目測對方。

皮卓擅長解圍，他說：「我們一同出去逛，坐我的車，我把車蓬放下來，很舒服！」

「我們到艾平森林去！」凱特說，「好極了，妮克，你也來。」皮卓說，但是妮克仍舊在瞪著凱特思量。我告訴妮克廚房裡有一個巧克力大蛋糕，但是她竟抗拒了這誘惑。

我們終於一同上車，凱特和我坐在後排，皮卓把妮克放在前排他身邊，妮克噘著嘴。車子開到鎮上時，村子的小孩羨慕地盯著我們看，一面招手，妮克也站起來招手，卻站不穩，跌在皮卓身上。「坐好，吾愛，」皮草說，「我開車的時候不要和我調情！」凱特和我一同笑起來。

「開快一點！」凱特說，「我喜歡坐快車！」

「我們到了森林還得趕回家吃晚飯，皮卓，」我說，「奶奶以為我們在家裡下棋，她要是知道我們遊車河會生氣的！」

「開快一點！」凱特興奮地再喊一聲。

33——螞蟻

我們到村裡做禮拜時，祖母不許皮卓把汽車開到教堂門口。我握著她的左手，慢慢跟她走進去。牧師很尊重祖母。

我對科布牧師的講道毫無興趣，但是我喜歡到教堂，因為牧師的女兒克萊敏一定會在場。今天牧師講的是上帝愛世人，但是太多人不守十誡，祂要懲罰罪人，可能會放火毀滅人類，把地球留給螞蟻，因為螞蟻服從上帝，工作辛勤，組織嚴密等等。

星期天的午餐照例比較簡單：蔬菜湯，煎鰈魚，四季豆，洋蔥燒馬鈴薯，甜點是俄國式布丁。祖母不吃甜點，我就吃了雙份。飯後我跑到廚房去找妮克，她喜歡在廚房玩，因為廚師亨利常給她吃些新做的糕餅，但是今天我卻找不到她。問了半天，才聽做雜工的小廝說她大約在花園餵螞蟻。我不喜歡這小廝，因為他也常常和妮克玩。

妮克果然在花園裡餵螞蟻。她蹲在地上用一個放大鏡觀察螞蟻，我怕吵醒祖母，不敢大聲喊她。我說：「你這麼喜歡螞蟻，將來可以做一個螞蟻學生物專家。」她問：「甚麼叫生物專家？」我說：「就是專門研究螞蟻這種生物的學者。」她說：「我討厭這種名稱，所以我不愛上學。」

我蹲下去，摸摸她美麗纖細的胳臂，發現她原來在用放大鏡聚光的效力燒螞蟻，餅乾屑只是用來引誘螞蟻的，螞蟻被燒的氣味好難聞。我叫道：「不要燒！你再燒我就不和你玩！」她說：「我討厭螞蟻！」我說：「我也不愛螞蟻，但是燒死牠們太殘忍了！」她把放大鏡放回口袋，開始改掏出餅乾來吃，一面說：「那我們玩甚麼呢？捉迷藏嗎？」

「好吧，可是我找到你的話，你要讓我吻你！」

她向樹叢笑著跑過去，一陣風掀起了她的短裙，我看見了她渾圓臀部的外型。

我開始數：「一，二，三……」

陽光普照的早晨，傑姆士把早餐桌安排在花園裡，遮陽傘架在祖母的椅子上方。我曾經聽見祖母向爹爹說：「時代不同了，現在很難找到傑姆士這麼了解人意的佣人！」她照例吃她簡單的早餐：烤麵包、印度茶，但是她喜歡看見我在她對面享用豐盛的早點：柳橙汁、火腿炒蛋、烙餅塗甜果醬、新鮮牛奶。我吃完就向草地跑，她把我叫回來說：「賀登，剛吃飽別跑那麼快；天熱了，脫掉你的夾克！」

我把夾克扔在椅子上，一面跑一面喊：「奶奶，櫻桃開花了！」

園丁正在推除草機，園中飄浮著悅人的草香。花園末端有一排低矮的山楂樹，隔壁是牧師的花園，園邊是一整排櫻桃樹，櫻花盛開，好似一片粉紅色的雲。我正在欣賞櫻花時，卻看到克萊敏正在學騎腳踏車，我正想和她打招呼，又怕她不願意被我看見她尷尬的騎姿，她笨拙地搖搖擺擺，撞到山楂樹跌倒在地。我很想扶她起來，但是被矮樹擋住了跑不過去，忍不住笑了起來，她紅著臉把衣服扯平。我說：「克萊敏，你受傷了嗎？」她說：「你怎麼在這裡？我下回不在這兒騎車了，我不要你看。」我說：「沒關係，初學的人都會跌倒的，練習一下就好！」她還是不大高興，我就說：「不要騎了，到我這來看櫻桃樹！」她說：「我在這邊就看得見，」我說：「不一樣！這邊好看多了！你站在腳踏車位子上從矮樹上爬過來，我來扶你！」

她爬過來了，可是裙子被樹枝勾住，我看見她光滑豐滿的大腿，她臉又紅了，扯下裙子說：「從這邊看櫻花沒甚麼不同呀！」我說：「來跟我一同躺在草地上看！」

我們躺在草地上，盛開的櫻花就像一片粉紅色的雲，罩在我們頭上，偶而有些許縫隙讓陽光射下來。

「你說得對，賀登，」她說，「好美的粉紅色的天空！」

一陣風吹過來，將花瓣吹落在我們全身，我試著幫她撥開衣服上的花瓣，但是她輕輕地推開了我好奇的手。

35 ——克萊敏

果園旁邊的地上掉滿了早熟的蘋果，克萊敏撿起幾個，我說：「不要撿，傑姆士會拿它們來做蘋果酒，這些蘋果太老了，不好吃，我們從樹上摘幾個好吃的。」

克萊敏想摘，但是樹太高了，她搆不到。

「我來爬上去！」她說，可是她站在樹幹上，還是不夠高。她叫我彎腰兩手扶地，她爬到我背上，然後爬上一枝較高的樹椏，我抬頭看見她潔白的大腿和內褲。

「你看得見熟了的蘋果嗎？」她問。

「我看不見，」我說，其實我對蘋果沒興趣，只在看她光滑的大腿。她忽然驚喜地叫起來：「我看到了！就在我頭上面！」她一面喊，一面伸手去摘蘋果，裙子也跟著飄起來。我正看得出神，一顆蘋果突然掉在我頭上，我哇地叫了一聲，她笑了，她的笑聲好似銀鈴一般清脆。

「我只能摘到這一顆，我要下來了！」她說。

我把她扶下來，她撿起蘋果用裙子擦擦，就開始吃。「好新鮮！好甜！」她說，然後我們輪流各咬一口，直到吃完，在燦爛的陽光下，她的臉頰紅得可以和蘋果比美。

很多年後，克萊敏已經不再是美少女了，紅蘋果仍會令我回憶陽光高照那一天，我們共享偷吃蘋果的樂趣。

36——和祖母飲茶

我好討厭做功課：要背那麼多人名、地名、時期、數學公式、幾何圖型……可是一旦功課做完，那快樂的感覺也難以言喻。我照例往廚房跑，雖然祖母叫我不要老和佣人混在一起，可是我喜歡廚房的溫暖感覺和烹飪的香氣。

今天妮克不在廚房裡。珍妮見我在找她，便說：「小傢伙大概又到花園去玩螞蟻了。」我跑進花園，還是找不到妮克，只好回到客廳，卻看見祖母正向溫室走，預備喝下午茶，我就跟了進去。

「賀登，你跑到那兒去了？傑姆士找不到你。」

「我在花園裡，」我說。

「你不會又在和妮克鬼混吧？」

「沒有，」我說。

「那就好，不要跟她玩，小女孩都很髒！」祖母說，她已經告訴我許多次。她為我切了一大塊蛋糕，她自己卻只吃一小塊三明治，慢慢地喝她的印度茶。

我狼吞虎嚥地吃完了蛋糕和牛奶，祖母見我的胃口好，很高興，但是仍舊需要訓話：「賀登，即使肚子餓了，也得注意用餐的禮貌。」我於是請她再給我一塊蛋糕，而不是自己去拿，表示有禮貌。她又說：「把嘴擦乾淨，不可以用手背去擦！」

「對不起，奶奶！」我改用餐巾擦嘴。

「你長大了，要有紳士的風度，不止用餐要有禮貌，隨時都要注意禮貌。」

為了改變話題，我問道：「奶奶，上帝也會無聊嗎？」

「好笨的問題！」她說：「上帝是神。」

「神不會有時候也無聊嗎？上帝已經把所有的創造都做完了，祂沒事做，不會覺得無聊嗎？」

「不要做無稽之談，賀登！」祖母揮手阻止我繼續問，陽光照亮了她鑲寶石的戒指，好似宙斯的雷神發出的閃電。

37——魔鬼的企圖

好高興啊！學期終於結束，暑假開始了！

祖母說爹爹預備送我到瑞士羅桑城上大學，她有點捨不得。

今天是佣人放假的日子，珍妮和瑪蒂帶妮克去看電影。晚餐後，我到祖母房間去陪她，她拿出一盒蜜餞板栗說：「這是你爹爹剛從巴黎寄來的，你最愛吃的甜食。」

我開始吃板栗時，祖母卻拿出一個紅皮匣，查看她的珠寶。當盒蓋打開時，寶石的光芒四射，引起我的好奇。她拿出一顆鑲白金的藍寶石戒指說：「賀登你看，好美啊！」

我目不轉睛地凝視寶石，甚至忘記了吃板栗。

祖母好似在自言自語：「魔鬼用寶石來混淆我們的價值觀。人們不惜用偷、騙的手段來取得千年不朽的寶石。」

「一千年這麼長嗎？」我問。

「可不是！寶石和花都美麗迷人，但是花會凋謝。上帝創造了花令我們欣喜，但也用花來警告我們不要過分重視短暫的美。只有上帝是永恆不朽的。」她又遞給我一顆板栗。

我謝謝她後，朗誦道：「今天歡笑的花，明日即逝。」

「你會背雪萊的詩，好孩子！」祖母讚美我。

我小心地拿起戒指說：「好美麗的寶石！」

「不但美麗而且非常希罕。你爹爹曾經試著在歐洲為你媽媽買一顆，卻找不到。」她的眼光轉向遠方凝視。「許多年前，你還沒出世以前，這顆戒指是你的爺爺買給我，慶祝我們二十五年結婚紀念的禮物，我珍惜它。」

「因為它千年不朽嗎？」我問完就知道問得很笨。祖母說：「不是的，賀登，一千年雖然很長，在上帝眼中，也只是一瞬間而已。我不該談哲學的，還是再吃顆板栗吧！」

38——愛麗絲

人造的夜晚到了，光亮的天花板逐漸被柔和的燈光取代。今晚的宵夜，廚師安瑞科美名為「聖女安格妮紀念餐」。一千七百多年前，安格妮曾經在十三歲時殉難。迪諾王子飯後回到臥室，雖然時間已很晚，他卻無睡意。太空中的時間與空間是整合的，沒有緊急性或準確性。他躺在床上凝視「熟睡的吉普賽人」那幅名畫中的明月，思潮逐漸返回到許多年前的時代。

安格妮被處死，因為她不喜歡男人，那時她還是個孩子。迪諾忽然想起了另一個小女孩，名叫愛麗斯；為了她，一位名數學家道奇森[41]曾經用筆名卡洛爾[42]寫了一本名馳四海的童話故事：「愛麗絲夢遊仙境」。迪諾踏上太空船以前曾經與伊芝一同看過這本書；他記得自己也曾在前生看過此書，其中的故事將許多童年的幻想串連成一條奇特的項鍊。

迪諾心想道奇森一定曾經被各種數學公式、幾何圖形、代數、微積分等學問搞得煩惱不堪，才寫出這本嘲笑人類在日常生活中對時間的概念。故事開始時，一隻白兔正匆匆忙忙地趕去拜會公爵夫人。牠掏出手錶邊看邊說：「糟了！糟了！我要遲到了！」時間常常催迫人們做出很多傻事，人們總是害怕自己來不及，就像這隻白兔。愛麗絲長大以後也會了解，透過時間永不停止的深淵遙視生命，原來生命也只是一場夢。

迪諾躺在床上，覺得自己已經枯竭不止一次；時間穿越了他的生命，就像水從手指縫間流出，他惟一能掌握的只是夢境和記憶，而這些也均將隨著時間消滅無蹤。

39——最可怕的敵人

星期日是安息日，太空遊艇中無人可以工作，保羅神父是惟一的例外，他必須準備講道，他是為了推崇上帝而工作。在水晶禮拜堂中聽完了講道之後，各人以自己的選擇來消磨閑暇的時間：布堤到圖書室閱覽，伊芝為米密卡唱一首催眠曲助他睡一個長午覺，羅基和泰雅去游泳。廚房裡無人工作，因為安瑞科廚師已經準備好今天的餐飲：蕃茄凍、生菜、冷雞片、火腿、大葱馬鈴薯濃湯、乾酪、水果。

午飯後，迪諾回到自己的書房，舒服地坐在安樂椅中，按了一下桌旁的按鈕，室中便播放出海頓[43]的名曲「四季頌」[44]，春夏秋冬的變遷在曲中只花了兩個小時。太空中沒有季節的變遷，但是音樂如同文學，便可以是生命的縮寫。迪諾想起他曾經讀過凱撒大帝的一生事跡，只花了一天功夫；羅馬帝國的興亡也可約於一週內詳閱，只看個人的閱讀速度。迪諾覺得太空是消極的，它令人敬畏但並不激發人的靈感；可是星辰卻是積極的，月亮冰冷的美色曾經感動過無數詩人！海頓是一個偉大的作曲家，但是如果他在太空中，就不可能寫出那首美妙絕倫的四季頌。

聽完了四季頌，迪諾開始感覺有點無聊，他便點選了一首法國作家梅湘[45]的四部合奏曲「歌頌時間之滅亡」[46]。四十九分鐘七秒後，時間被滅亡了，迪諾已經快睡著了，但是這突然降臨的安靜卻把他震醒，他靜坐了片刻，但是閑暇的甜密感逐漸消失，取而代之的卻是人類最可怕的敵人：冷酷的無聊感。常常在迪諾享受閑暇的甜密感時，無聊感便發動攻擊，他好希望可以打一場方城之戰：一場殺死時間的戰爭！迪諾不懂自己為何有時會對最美妙的音樂或文學感覺厭倦，或喪失寫回憶錄的興致；他也曾被教導在這種時間要學習祈禱、靜坐、沉思，如同智者；但是一個聰明的九歲大小男孩還不可能擁有智慧。

只有方城之戰可以幫助他殺死時間，征服無聊感。查爾皇帝早已消滅了一切戰爭的起因，方城之戰把千萬名兵士縮減為四人，他們的軍隊是小型的塑膠磚塊。太空遊艇中每人都熱愛這遊戲，保羅神父除外。布堤老師說這場茶杯中的暴風雨之戰，乃是一劑淨化身心的良藥。

40——小星星

迪諾安排好了，再過一小時，他就可以和羅基，伊芝和泰雅一同玩一場方城之戰來消磨今晚，布堤等人會來觀戰，大家會很快樂，可是還得等一小時。目前迪諾一人坐在書房裡，覺得好無聊。他走到舷窗前，窗簾上是雷射印製的普桑[47]名風景畫。他按了一下按鈕，陽光普照的風景立刻被廣大無邊的黑空取代，迪諾同時被太空吸引和抗拒。

他看見遠方有一艘太空船，船身有點點燈光，是一艘大約載了一萬名乘客的太空船正在向太陽帝國外的某行星駛去，船長彼德大約正在與那艘船互相問好。迪諾看見黑空中有若干小星星閃爍發亮，星星距他可能有萬里之遙，他憶起一首童謠，眼中不禁現出一絲悲哀的淚光：

閃閃爍爍小星星
我好希望知道你

為何像鑽石一樣
高高懸掛在天空

他隨著又低聲地唱道：

我們現在都知道
你原來是一大群
氦和氫原子氣體
在高空不斷燃燒

41——母系家族制

娛樂時間到了！在遊戲室中，迪諾、羅基、布堤和伊芝四人正坐在方桌四方進行方城之戰。他們非常用心，雖然米密卡在旁邊搗亂，伊芝還是打贏了第一回合。第二回合開始後，米密卡越吵越利害，直到泰雅向大家說，下午茶時間到了！

櫻桃木矮桌上陳列了銅壺熱茶，旁邊有各種三明治和糕餅及一個巧克力慕斯蛋糕。桌後方牆上掛的是哥雅的名畫「瞎子揮拳」，這幅畫是在反藝術運動消滅後被搶救回來的。米密卡肚子餓了，不停地向他的姐姐哭喊：「奶奶，媽媽！」伊芝一直就像是溺愛孩子的媽媽，她在烤餅上塗了奶油餵他，迪諾也切了一塊慕斯蛋糕放在他盤子裡，泰雅又為他倒了一杯牛奶。小傢伙大吃大喝起來，紅潤的臉頰上馬上塗滿了糕絲餅屑，羅基笑他一臉的糕餅，他就快樂地回笑一番，並且叫他一聲媽媽。伊芝教訓他說：「不要叫他媽媽，他名字叫羅基，叫他羅基！」米密卡努力地學著叫：「羅、羅，媽媽！」伊芝笑著替他擦擦嘴，然後說：「你已經三歲了！怎麼還是學不會說話！」

布堤卻替米密卡說情，他向伊芝說：「你的小弟弟把所有他喜歡的人都當是他的媽媽，有甚麼不好；媽媽是小孩心中最愛的人，羅基，他叫你媽媽，你應該覺得榮幸！」一面說，一面將一塊酥餅放在米密卡嘴中。米密卡快樂地笑起來向布堤說：「塔！媽媽！」

「塔你的頭！我很高興做你的媽媽，」布堤答，然後轉頭向伊芝說：「你的小弟只會發單音，不妨教他叫我布布！」

「波波！」米密卡說。「不如教他說提提吧！」迪諾說，「也教他叫我迪迪！」但是米密卡仍舊喊：「媽媽！」

布堤又來替他說話：「讓他喊所有他喜歡的人媽媽吧！對小孩說，沒有任何東西比媽媽更好，至於爸爸呢，爸爸就不一樣了，」這時保羅神父恰好走進來和大家一同飲茶，布堤向保羅說：「爸爸可比不上媽媽！」

神父看見桌上攤開了方城之戰，就問：「誰贏了?」羅基和布堤同時答道：「贏的是伊芝。」迪諾又加一句說：「我們三個大男生輸給一個小女生！」

「女生是最會打勝仗的，」保羅神父說，「聖女貞德就是一個好範例！」米密卡把一塊酥餅送過去給神父。

「謝謝你，小寶貝，」神父說，然後又加了一句：「打勝仗的女生還有一個花木蘭，她替她父親打了一場勝仗。」

米密卡認為每個他喜歡的人都是他的媽媽：羅基、彼得、布堤、迪諾王子、保羅神父都是，其實他沒有任何不喜歡的人，當然他最愛的是伊芝姐姐，伊芝也像一個真的媽媽一樣給予他真正的母愛。

米密卡也認為每個人都是他的玩伴，每件東西都是他的玩具。他喜歡騎在大人的背上，只要他用天使般可愛的聲音喊一聲：「媽媽，搖搖！」沒有人忍心拒絕他，但是所有的人也都知道，背著米密卡在地上爬是非常危險的活動，因為這小頑童一旦爬上你的背，就再也不肯下來，雖然他只有三歲，可是很重，伊芝就已經幾乎抱不動他。他一旦趴在別人背上，就像吸緊在岩石上的鮑魚一樣，不肯放鬆。羅基是遊艇中最健壯的少年，他不在乎背著米密卡滿地爬，但他也曾經向伊芝訴苦說：「你這可愛的小弟，有時也會變得像史尉夫特[48]小說裡那小老頭一般可怕！」

「那本小說？」她問，「我向來不夠有時間看小說。」

「可是你一定看過格理弗[49]漫游小人國的故事！他在小人國看見一個可憐的小

老頭，求他背自己進城，但是到了城裡，他怎麼也不肯下來，就像你的小弟！」

「米密卡，下來！馬上下來，我們玩別的！」伊芝叫道。

可是米密卡動也不動，臉上露出甜密的笑容。

「乖孩子，好弟弟，立刻下來！」伊芝一面喊一面去拉他。

「搖搖，媽媽！」米密卡臉上露出更快樂的笑容。

一個溫暖的仲夏下午，藍天無雲，空中飄浮著花香。

午飯後，祖母回房間去休息，我到圖書室去拿出一本厚重的歷史故事書：「古羅馬三月十五日」，到陽臺上坐在躺椅上看書。這本書我昨天看了一半，書中凱撒[50]將軍的夫人夢見一個流血的大理石人像，但是凱撒不顧夢中不吉利的警告，仍舊跨向滅亡的命運。

我越看越睏，終於睡著了，而且睡得很熟。當我開始醒過來時，夕陽已經下山；我想起來，又捨不得遺棄夢神甜蜜的懶惰感，我的頭腦飄浮在記憶與忘懷之間。自車庫傳來皮卓開關汽車行李箱的聲音，好似引我穿越夢中神秘的門戶；馬廄傳來輕微的馬嘶聲，好像是恐龍的吼聲，我好似在嘗試拯救一個美女，是克萊敏還是妮克呢？然後我忽然走進了羅馬的參議院，我看見卡西烏斯[51]舉起刀來向凱撒刺去，凱撒倒在地上一聲巨響，把我嚇醒了，原來巨響是因為「古羅馬三月十五日」這本書掉在地上。

44——祖母請客的菜單

這個星期天早晨，陽光普照，花園裡草地一片嫩綠，牽牛花、紫丁香盛開，香氣瀰漫。我憶起多年前保姆唸給我聽的一句話：「在這最完美的世界裡，一切都完美無瑕。」這句話引自伏爾泰[52]的譏諷小說「憨第德」[53]，但是今天我不覺得被諷刺，因為我非常愉快。

今晨牧師在講道時曾經說，花是神賜給世人的特殊禮物，美麗的花卉只有很短暫的生命，它們要提醒世人生命的短暫性，要人們用心追求永恆的真理。

午飯後我覺得很無聊；雖然我很愛看書，今天卻不想看書，也不想練琴。我跑到廚房去找妮克，可是珍妮說妮克跟她爸爸去看電影了，廚房裡只有廚師亨利，他正在寫字，我就問他在寫什麼，他說：「老太太下禮拜二要請吃晚飯，我正在計劃晚餐的菜單。」

我想去找皮卓玩，可是今天皮卓請假。我溜出大門，就到村子裡去逛，但是找不到玩伴，只好回家，到家時，聽見祖母房間的大鐘正宣告下午四點半：下午茶的時間。我就上樓去敲敲祖母的房門，她用法文說：「進來！」

我進去向祖母說：「奶奶，你總是叫我不要說法文！」

「是你，孩子，我以為是亨利，我說法文因為他英文太差。」這時亨利也敲門進來了，他恭敬地把菜單交給祖母：

清燉鱉湯

法國式烤魚片

紅燒肉（或閹雞）佐松露菌

橙汁烤蛋酥或草莓蛋糕加糖霜

祖母說：「很好，可是不要用閹雞，用山雞吧！那你配甚麼青菜呢？」

「烤馬鈴薯，炒綠豆，」亨利說，「也可以加生菜。」

「很好，」祖母說，「我還有幾瓶進口的魚子醬，可以做開胃菜。」可憐的亨利，至少得忙三天準備這頓晚餐！

45 —— 一場約會

星期天，對我來說，不是安息日而是遊戲天。早上我喜歡賴床，起得比較晚，起來後走到窗前，看見園子裡的櫻桃樹已經披上了一身粉紅色的新衣，非常美麗。今天我很快樂，腦中只在想一件事，就是已和克萊敏約好下午幽會，地點是村莊廣場的橡樹下。克萊敏和妮克不同，妮克是我的玩伴，克萊敏卻是我的情人。我們準備喝下午茶後偷偷地跑出來，不要讓任何人知道，尤其不能告訴祖母。

好不容易等到了下午茶時間，祖母看見我吃了很多三明治又吃蛋糕，很高興，她自己只吃了一小塊三明治。珍妮來收完了茶具以後，我迫不及待地跑到花園，要出大門時，皮卓自車庫上的窗戶探頭問道：「賀登少爺，你要到那裡去？」我揮揮手說：「皮卓，小聲一點！」皮卓會意地笑了。

我跑到村莊廣場，有很多兒童在放風箏，也有人在打球。我跑到老橡樹下，可是找不到克萊敏，我只好在樹下苦等，目不轉睛地注視著遠方牧師住宅的大門。等累了，我就坐下來等，坐了半天又站起來等。天色漸漸變暗，放風箏的人開始收他們的老鷹和蝴蝶，打球的人也逐漸離開。我心焦如焚，怕祖母會派人來找我，只好開始向回家的路走；正在這時，我看見一個白衣女郎自遠處向我跑過來。「克萊敏！」我高興地大叫一聲，「我以為你不來了！」

「對不起！賀登，」她喘著氣說：「我好怕你已經走了！」

「你怎麼這麼晚？」我假裝生氣。

「我早就想溜出來，可是爸爸要我為他彈琴，我不能拒絕。我彈完一首莫札特，爸爸又要我再彈一次。」

我們站在路中央，旁邊無人，在昏暗暮色中，我擁抱她並親吻她，表示原諒她。

回家後，我看見妮克正在廚房和小佣人下棋。我叫妮克不要下棋，來和我到花園去玩，她就跟著我跑進花園，那小佣人生氣地瞪了我一眼。我在和妮克玩時，心裡想的還是克萊敏。我喜歡和妮克玩，我從來不曾和克萊敏玩，但是我心愛的還是克萊敏，我想和她在一起。我想祖母大約不會認為她也是一個像妮克一樣的「骯髒的小女孩」吧！

46——甜蜜的閑暇

早春的晴天，克萊敏和我一同騎馬到鄉下去；穿過田野和山谷，來到一條小溪旁。下馬後，我們輪流彼此替對方用溪水洗臉，然後躺在草地上休息。我握著克萊敏的手，微風吹動了她絲般的金髮，陽光照暖了她的光滑的手臂和腿。

克萊敏不是一個「冷漠」的女孩，但是她是一個「被動」性的女孩，完全不像主動而熱情的凱瑞娜。今天克萊敏可以說很特別，她請牧師父親允許她到鄰鎮去拜訪一個老同學，卻偷偷地和我約會。我們一同到一家希臘餐館午餐，然後同去看一場電影：「皇冠上的七顆珍珠」。愛神陪著我們走過街頭巷尾，度過了甜蜜的一天。

這是音樂會千篇一律的程序：首先舞臺無人，聽眾焦急地等待，然後司儀報告演奏內容，演員出現，聽眾鼓掌，演奏，鼓掌，中場休息，繼續演奏，鼓掌歡呼：「安可！」

我和克萊敏來到一個優雅的一流音樂廳，今晚的表演有幾首我非常欣賞的樂曲，包括海頓，莫札特和貝多芬的管弦四重奏。最精采的是貝多芬晚年寫的幾首，他好似把自己全心的熱情都灌入了音樂。演奏開始了，全場肅靜無聲，神聖的音樂好似暴風雨一般捲入大廳，震撼了每個聽眾。

中場休息時，我看見墨非和他的女友愛維坐在我們前面幾排。演奏結束時，掌聲如雷，我和克萊敏對視無言，她的眼中滿含感動的淚光。我本想帶她去和墨非打招呼，但墨非已經離開了。我開車送她回家，在路上遠遠看見墨非和愛維坐在一輛由司機駕駛的銀色驕車上。

我今晚開的汽車是爹爹的拉公達，一輛非常舒服的車。今晚月光明媚，照亮了道路，我們在車上沒有說甚麼話，因為音樂好似征服了我們的心。當我把克萊敏送到牧師住宅門口，她正要下車時向我說：「晚安，感謝你……」

我將她拉到身前，抬起她的頭，深深地吻她的唇。然後開車回家，心中充滿了回憶的音樂和我一生第一次熱吻。

今天爹爹和媽咪將一同回家，這是很少有的事，平常爹爹辦完公事回家時，都會讓媽咪留在歐洲去拜訪她的朋友，媽咪有很多朋友在歐洲各國。

這一次爹爹成功地結束了他在柏林、羅馬與布達佩斯的外交會談，祖母希望為她的兒子和媳婦舉辦一場溫馨的返家之旅，尤其希望讓他們吃一頓自家烹飪的晚餐。早飯後她就和廚師商量晚餐的菜單。亨利向祖母建議說，他可以燒一頓法國鄉村式晚飯，有別於爹爹在歐洲享用的盛餐。祖母看了一下亨利建議的菜單後說：「你的意思很好，可是我還是覺得最好還是做一頓簡單美味的英國式晚餐。」

亨利有點失望，但是他立刻回答說：「老太太說得對！」就回廚房去準備。皮卓預備把戴姆勒開到倫敦去準備留給媽咪用，因為祖母知道外交部會派一輛官用車給爹爹用，因此我想爹爹一定是一個要人。

戴姆勒出現在車道上時，傑姆士恭敬地站在車道旁準備開車門，我從門廳飛奔出去跳入爹爹的懷中，媽咪一手拿著她的皮外套，便彎下腰來親吻我。進門後，她將皮外套隨便地丟在椅子上，外套滑落到地板，傑姆士立刻小心地把外套撿起來掛在衣櫥中。傑姆士是我們家最老的佣人，爹爹很喜歡他，而且也尊敬他，把他當作自己忠實的老朋友。有一次我曾經聽見祖母告訴她的朋友，一位俄國伯爵夫人，說傑姆士這麼好的佣人已經快要「絕種」了！爹爹也說：「在所有歐洲的大城市中，現在都很難找到優良忠心的佣人。人們都不喜歡在私人住宅服務，他們希望在公家機關工作，甚至於到工廠做工人！」祖母說：「我不懂為何人們認為做私人家庭佣人是可恥的事，即使主人善待佣人！」爹爹答說：「我也不懂，但是我知道公家機關薪水較高，我朋友的機會也較多！」

祖母注意到我對這些談論沒興趣，便說：「你去把矮櫃抽屜裡那盒巧克力拿出來吃幾塊吧，那是你爹從羅馬帶回來的。」我拿出了巧克力，盒子上寫的是「baci」。我問爹爹，「baci是甚麼意思?」他答說是義大利文的「親吻」。

我拿出巧克力開始吃時，祖母說：「吃完糖記得刷牙啊！」

只要身體健康，頭腦清楚，人生可享受的樂趣還真不少。

今天天氣晴朗，我晨起梳洗後，一面在衣櫥中找一件適合的便裝，一面聆聽一張莫札特的唱片。第一樂章是活潑的快板；然後我走進全新裝潢的浴室中，坐在新式的抽水馬桶上，開始大便，同時靜聽鋼琴協奏曲緩慢美妙的第二樂章，正當這樂章結束時，我最後的一塊大便也噗通一聲落入馬桶。我想上帝真是萬能，可以將拉屎的過程也形成一種樂趣，這就是我們的現代文化！

我梳頭的時候，感覺莫札特精美絕倫的協奏曲常常被曲終那首「卡定札」[54]破壞，即使有些「卡定札」是莫札特自己寫的，有關這想法我希望可問問墨菲的意見。

音樂是作曲家的靈魂，即使在逝世多年後依然會如幽靈一般縈繞著聽者，不僅在音樂廳或歌劇院裡，也在家中，在餐館、咖啡館、飛機、火車和輪船上，隨著現代的錄音帶甚至可進入野外山林。人們是無法逃避音樂的。

我關上留聲機，下樓去吃早餐，傑姆士已經把餐桌放好在花園平臺，他為我倒了一杯新鮮柳橙汁。傑姆士是一個忠心，勤奮又極善為他人著想的人。我慢慢地喝柳橙汁，這時從廚房的方向傳來一首流行歌曲的聲音，大約是女僕開了無線電吧，我但願這首曲子從來不曾問世。

我們的時間常常是按照吃飯的順序劃分的：下午茶是每天的第三頓飯。約翰，墨非和我同聚在約翰的房間飲茶，窗前是碧綠無瑕的草地，室內茶几上陳列了數種鬆脆的烤餅及其他飲茶的配料。

墨非手握著茶杯說：「在寒冷的下午，和好友同聚在溫暖的火爐前喝杯熱茶，可說是大學生涯的一大樂趣。」

約翰說：「何止大學生涯，這乃是人生一大樂趣。」

「可是只有在大學裡好朋友容易相聚共享下午茶。」我說。

墨非微笑地看著約翰說：「我和賀登的想法完全相同。」

「你們說得不錯，大學的氣氛容易導向歡樂的聚會。」約翰答說，然後他告訴我們他曾經有一個同學喜歡在夜間爬山，雖然學校當局嚴禁此舉，一則怕學生可能損壞山上的古蹟，二則怕學生跌落受傷。他想邀約翰參加他們的夜間登山隊。約翰是一個很好的運動員，擅長各種球技，但是他並未加入登山隊。

約翰並不是一個特別喜歡讀書的人，但是他很喜歡和我們討論他讀的書。他拿起一本艾克哈特[55]的書說：「這位學者說，時間是阻止我們獲得上帝之光的障礙，我不懂他的意思。」墨非說：「我想他的意思是說，我們生活在回憶既往與期盼未來之間，所以上帝的光芒就被阻斷了。」

「那麼我們必須要擺脫時間，才能接觸上帝，是嗎？」約翰說：「我們的時間意識阻止我們接觸上帝。」

「這是艾克哈特的意思，」墨非一面喝茶一面回答，「對我而言，時間好似會穿越我們，我們也會穿越時間，好像有一條長無止境的線想穿過一個針孔，我們也是線，也是針孔，明白嗎？」他說著又拿起一塊酥餅來吃。

「我想我明白了，」我說，我正在吃一片塗滿奶油的熱餅，「其實我不懂什麼奧妙的理論，我只知道時間是把苗條少女轉變成滿面皺紋的老婦的大罪人。」

約翰同意地微笑著為我切了一大塊草莓蛋糕。

體育老師報告說我們今晚要去爬山，大家都興奮無比。四位老師帶了我們二十五個學生，坐一輛新遊覽車來到山腳，晚風相當犀利。高蒂老師拿著一個電火把領隊，我們二人一排跟隨在後，山路上覆蓋了雪，但是坡度還算和緩。一路上談笑之聲不絕，也有人偶而會跌倒，高蒂老師常常回頭警告我們：「小心一點！注意看路！」有人問：「老師，我們還要走多久？」德國老師回答說：「我們今晚住在山上，明天才回學校，要走一整天！」大家都很累了，希望早點看見即將住宿的瑞士小木屋，但是星光燦爛的黑夜寂靜無聲。

我覺得快餓昏了，從背包中拿出巧克力來啃，也和同伴們分享，這時高蒂老師高興地叫道：「我們到了！」我們從濃密的松針間看見了有燈光的窗戶，大家衝入了溫暖的小木屋，木屋的守衛歡迎我們，壁爐裡燒木柴的火焰也好似在歡迎我們，我們坐在長桌兩邊的木板凳上，背包丟了一地。桌上已放好熱呼呼的綠豆濃湯，麵包和數種乾酪，沒有甜點，但這頓簡單的晚餐感覺美味無比。木屋裡沒有床，我們睡在木地板上，很快就進入了夢鄉。

第二天清晨，我起來走到窗前遠眺，但見黑色的松林與白雪形成強烈的對比，然後，水平線上出現了一個龐大的，橘色的圓球，好像一個巨大的，早餐盤上的煎蛋，令飢餓的我饞涎欲滴！

我們學校有嚴格的校規，按照課程計劃，星期六下午應和體育老師高蒂玩「捉狐狸」的遊戲。老師是狐狸，他用彩色紙條貼掛在樹林裡然後躲起來，我們是獵犬，要隨著彩色紙條的暗示想辦法捉到他。他跑得非常快，有一次我已經找到他了，但仍舊捉不到他，因為他非常熟悉樹林裡的小路和捷徑，所以可以很快地逃走。

這個星期六，高蒂老師要到日內瓦去開會，這堂課便取消了。我好高興獲得了一個自由的下午。我和彼得同去游泳，然後躺在池邊曬太陽，曬夠了，就到樹林裡去散步，彼得仍舊留在池邊做日光浴。按照傳說，樹林是古時候森林仙女和溪流女神休息遊玩的地方，但是在現代世界，仙女們已經如同古代的海雀和多多鳥一樣消失殆盡。正在懷古的思潮令我稍感悲哀時，我忽然從濃密的枝葉之間看見一個苗條的少女身影，她金髮垂肩，纖細的手臂上水珠閃閃，正在披上一個白色的披肩。是真人，還是我的幻想？我飛奔追過去，但她已經消失了。我穿越樹林，跑到一塊空地，只見地上有一個清澈的水潭，隨風飄動。

53——快樂的夢

一個寒冷的冬夜，我在溫暖的鵝毛毯下熟睡，夢見我坐在一輛轎車裡，不知駛向何處，同車的還有席巴女王[56]，可是也許是祖母。車子沿著紅海濱海公路行駛，開車的是一個身穿華麗制服的司機，旁邊坐了一個半赤裸的年青奴隸或守衛。車子開得非常快，好像在比賽，快速總會令我興奮，皮卓從來不曾開這麼快。我想問席巴女王是否應叫司機開慢一點，但是她的側臉忽然變成了娜芙蒂蒂[57]：修長的頸，嬌纖的鼻，她靜坐不動，就像她那著名的雕塑。我大膽地問她：「請問陛下，我們到何處去？」

「去拜訪所羅門皇帝！」她說，現在她又變成了席巴女王。

我們的轎車裝備十分完美，有一個小小的吧臺，上面放了一對水晶酒瓶和酒杯；一個小小的梳妝臺，備有明鏡和象牙梳子，金柄的髮刷和數瓶名貴的香水。女王身旁有一支電話，一個望遠鏡和一座電視機，正在放映天方夜談的故事。這座車子實在裝備齊全，但是卻少了一件必需品：就是廁所。我忽然覺得急需小便！我抓起電話來向司機說，你馬上開到一個最近的旅館去。

司機回頭向我微笑，原來司機就是皮卓，但是車子開過了巴黎旅館，他卻不停，我大聲叫道：「皮卓，拜託！立刻停車，我要上廁所。」

但是娜芙蒂蒂自我手中拿去電話，向司機說：「直開到所羅門皇帝的宮殿！」

我氣惱地看著她美麗的面孔，她忽然變成了祖母。我想我一定是在做夢，我一點也不想去看所羅門皇帝，我只想找到一個馬桶，這時車子忽然停了，我喜出望外，跳下車去到一株棕櫚樹旁小便，小便好似開了的水龍頭，流得不止，我醒了，還好，我居然沒有尿床！

54 —— 東西方文化

人類的文化一般被劃分為東方文化與西方文化，這種劃分的方法似乎有點奇怪，難道南方與北方除了沙漠叢林和冰天雪地以外，就沒有文化可言嗎？其實，南半球便曾經一度享有非常輝煌的文化。

如果不考慮細節，東、西方文化在科學與藝術方面，雖然各有特色，也有些相似之處；但在宗教方面卻有很大的差異，尤其在基督教傳道士未到達東方之前。東方從來不曾過度關懷宗教，繪畫罕以宗教為主題，音樂亦限於僧侶之吟詠。西方則不然，曾有無數殉道者、聖人，曾以十字軍東征，對異教徒控訴、審訊、迫害；繪畫與音樂均常以宗教為主題，如聖母聖嬰圖、耶蘇殉難歌劇、清唱聖樂曲等，數量及品質均遠超越點綴高官貴爵生活之世俗作品。

迪諾一人坐在書房中寫他的回憶錄。有人敲門。

他按了一下嵌入書桌的按鈕，飾有少女水神圖片的房門便滑開了，進來的是羅基，他笑著道歉說：「對不起！我又來打擾你做功課了！」迪諾答說：「那兒的話，好朋友，我不在做功課，只在寫回憶錄，你來得正好，把我喚回現代！」

「迪諾，你好像不快樂，有甚麼問題嗎？」羅基關心地問。

「沒問題，」迪諾回答，「我在寫回憶錄，要把快樂和不快樂的記憶分開來，只有快樂的記憶是值得回味的。」

「你說得不錯，可是過去的日子有許多痛苦的經驗。」

迪諾為他的朋友倒了一杯柑香酒。

「我想到沙皇統治下的老百姓，」羅基繼續說，「一定是太痛苦了，才會瘋狂地犯罪……」

「何止俄國人，」迪諾說：「我們英國人就是第一個殺國王的；法國大革命也把許多王公貴族送上斷頭臺！最不快樂的可能是上帝的選民：流浪的猶太人，被監禁，屠殺！」

他們一面喝酒，一面嚼冰糖板栗，繼續討論。

「但是現在人人都快樂地在太陽帝國生活，感謝查爾！」羅基說，「也感謝追弗！」他又加了一句。

「我們來玩個消磨時間的遊戲吧！」迪諾改變話題。

「要下西洋棋嗎？」羅基問。

「不要，西洋棋太傷腦筋，方城之戰比較好玩。」

「對，可是需要四個人！我們只有兩人，伊芝要等米密卡睡覺時才有功夫，泰雅在廚房幫安瑞科計劃下週的菜單。」

「安瑞科不需要泰雅幫忙，也可以計劃菜單呀！」

「不行，泰雅是個美食家，她堅持要幫忙，」羅基說，「別著急，明天早上我會為我們安排一場方城之戰！」

羅基多拿了一把冰糖板栗，向迪諾說晚安。

迪諾王子很想打一場方城之戰，但是他和羅基還差兩個戰友。伊芝在等米密卡睡覺，而泰雅因為游泳太累，已經去休息了。他們只好下一盤西洋棋。迪諾的棋技勝過羅基，但不如布堤，布堤則多半輸給保羅神父。

棋盤上迪諾還有八枚棋子，羅基只有六枚。羅基眼見自己快要輸了，苦笑著說道：「你贏了！再下一盤吧！」

「不要，」迪諾說，「贏棋全憑技術，棋技好的一定會贏，我的技術比你好，你承認嗎？」

「我承認，我的棋技很差，所以我比較喜歡方城之戰，因為它不一定靠技術，有時也可以靠運氣得勝的。」

「原來如此，」迪諾說，他們又開始下第二盤棋。「頭腦很重要，」他繼續說，「有清楚的頭腦，才能了解宇宙，分辨善與惡，好人和壞人。」

羅基又走了一步壞棋，然後說：「好人喜歡在夢中去做壞人做的事，這句話是那個學者說的？」

「柏拉圖，」迪諾答，「柏拉圖在他的時代說這句話，說得對，可是今天，壞人可以在夢中去做壞事，卻不會傷害任何人。」羅基又走了一步壞棋，然後說：「這神藥追弗真的可以解決一切問題嗎？」

「神藥的確神奇，」迪諾說，「我們的帝國因此享受天下太平！小心一點，朋友，你又要輸了！」

「但是太平天下可以維持多久呢？」羅基問。

「進知道！」迪諾吃了羅基的最後一枚白馬說：「將軍！」

迪諾研讀了一天德國哲學，已經很疲倦，又飽吃了一頓晚餐，最後一道甜點是橙汁烤蛋，覺得非常睏，無心喝茶或咖啡，回到書房，倒頭便睡。

他夢見自己是一隻漂亮的蝴蝶，黃色的翅膀上點綴了黑花與紅花，覺得很驕傲。他在紅玫瑰與金黃色的迎春花之間飛翔，花朵在微風中輕輕地搖動。

忽然，天空中出現了一隻名叫玉乃迪的蝶后，她黑色的蝶翼上佈滿霓虹似的青、綠、黃、橙和紫色的花紋，蝶尾有三層而且綴有白花。迪諾向她飛去，被她的高雅之美迷住了，但是她並不注意他。他像奴隸一般隨著她飛，他想歌頌她的美貌，卻發不出聲音，掙扎一番後，他醒了。

他發現自己睡在太空遊艇中，無聲也沒有震動地向前飛行，但是記憶中隨著玉乃迪蝶后飛行的經驗，令他如痴如醉，充滿喜悅，終於在熟睡的吉普賽人畫像下，又進入了夢鄉。

58——素食者

迪諾王子在他講究的私人餐廳中，請了幾位貴賓晚餐：保羅神父、布堤、羅基，泰雅和伊芝。安瑞科廚師為兩位素食者—保羅和泰雅—設計了一套特殊的菜單：

裴冷翠式菠菜濃湯

萵苣、黃瓜、水芹、蘿蔔等混合式生菜

紅燒馬鈴薯配煎洋蔥

中式烤洋菇

覆盆子甜點、乾酪、咖啡

保羅神父在十年前才變為素食者，因為他反對殺生；泰雅則出生後就只吃素食，她是一個觀音再世。保羅和泰雅卻都不反對他們肉食的朋友，也從不嘗試要他們改吃素。保羅對宗教信仰也抱同樣態度，從不勉強他人信教。

布堤正在和保羅討論麵食的來源。義大利和中國都是愛吃麵食的國家。布堤說：「有人認為義大利的麵食是由馬可波羅自中國介紹的，我卻不以為然。」

保羅說：「我以為這是歷史學家證實的事。」

「我覺得剛剛相反」布堤說，「義大利的麵食種類比中國多：千層麵、空心麵、粗麵、細麵、捲筒麵、螺旋麵等等。中國就從來沒有空心麵。」

「但是這並不表示義大利人比中國人先吃麵。」保羅說。

「也許這兩國人都是自己發明吃麵的，並沒有互相影響。」泰雅說。

「不錯，就像下棋一樣，」羅基說。「西洋棋和中國的象棋有很多相似之處，這並不表示哪種棋是先發明的。」

「我不在乎是誰先發明吃麵，問題是誰的麵比較好吃？」迪諾說。

保羅神父也半嘲笑地加上一句：「還有豬腳呢，德國豬腳還是中國豬腳比較好吃？」其實他根本不吃豬腳。

為何人們在吃飯的時候，喜歡討論食物！只有伊芝一人不曾說話，泰雅問她：

「你在想甚麼？這麼安靜！」

伊芝卻回答說：「吃飯時不要說話！」

布堤微笑地說：「就如孔夫子所說：食不言，寢不語。孔老夫子一定是一位美食家，一面吃一面說話如何可以欣賞食物的美味！」

羅基正在吃燻山雞，忽然問保羅神父為何不吃肉。

保羅答道：「上帝給我們水果吃，祂叫我們與鳥獸和平相處，沒有叫我們吃牠們。」

「是的，上帝令地球洪水泛濫時，」布堤補充說，「祂讓所有的動物都成雙成對地坐上諾亞的船，獅子和牛羊是鄰居，大家和平相處，沒有誰吃誰。但是洪水退了以後，上帝允許有些動物吃肉，獅子和老虎就變得很兇猛，吃草的牛羊兔子等則始終是溫馴的動物。」

「如果人們也學會吃素，世界就會和平，」保羅神父說，「因為肉食會令人變得貪食、好鬥、增長野心、增加淫慾。」

「可是我喜歡吃肉，」羅基說，「我不能像兔子一樣吃草。」

迪諾剛吃完了山雞，他擦擦嘴說：「真好吃！」

泰雅看著迪諾盤子裡的骨頭說：「我聞見這些骨頭就想吐！」保羅神父微笑地說：「各取所需。肉食是洪水泛濫後產生的壞習慣，吸煙也是，最好都可以改革！」

59——水晶禮拜堂

星期日的清晨，一串明亮清晰的鐘聲自梅杜沙的每個擴音器播出，呼喚遊艇上所有的人來晨禱。在廣大如汪洋中這每週一次的鐘聲好似是游艇的指南針，禮拜堂則是汪洋中一塊牢不可移動的巨石。

迪諾王子領隊，羅基、泰雅、伊芝和米密卡等跟隨在後，沿著一條綠色的走道攀登至禮拜堂，走道雙側的牆壁上都飾有壁畫，畫中老樹成林，陽光普照，仙女奇獸成群；天花板是碧藍的天空，其中天使飛翔，指引到禮拜堂的路。他們爬上一系列階梯，終於到達禮拜堂。

禮拜堂上方是一個透明的圓頂，由人造玻璃牆壁支撐；花梨木地板的末端有一座白色的聖壇，壇上有一對白色的蠟燭，壇前有五排松木椅，一具木十字架懸於樹上方。梅杜沙游艇所有的室內空間均飾有色彩燦爛的繪畫，促使人們忽視漆黑太空的威脅，惟有禮拜堂透明的圓頂與牆壁，與黑空形成一體。

迪諾王子坐在第一排，布堤、彼得、安瑞科等工作人員已經坐在後面數排。保羅神父宣讀了簡短的講道後，便以音樂取代言語，聖詩班清甜的歌聲賦予空間讚美人生的美意。米密卡居然也會保持安靜，但當聖歌快要結束時，他忍不住也大聲地朗誦伊芝教他念的「閃閃爍爍小星星……」

迪諾回頭看了一眼伊芝，保羅神父則寬容地微笑。

60——寶石與珍珠

在透明的禮拜堂中，晨間禮拜開始了。小小的教會中，迪諾王子坐在第一排布堤和羅基中間，他們與漆黑的太空之間，僅由兩英吋厚的人造玻璃阻隔，遙望著太空中百萬顆閃爍的星星，心中不免感覺些許恐懼。

讀完了讚美上帝的祝禱後，十三個唱詩班的兒童齊唱讚美上帝的聖歌，他們清純的歌聲好似天使在歌唱。羅基被這美麗的歌聲迷住了，但是他不記得這彌撒作曲家的名字，他想問迪諾，但迪諾也好似聽得入迷。這時保羅神父終於站起來，用簡短有力的聲音講道：

「我們要學習不要過度重視外表華美而似乎有永久性的東西，以寶石為例，紅寶石、青玉、黃晶石、翡翠和金剛鑽，它們非常美麗又好似永久堅固，所以價格昂貴；上帝將它們埋在地球深處，並且把珍珠藏在大海中，但是魔鬼卻引誘我們把埋藏的寶石挖出來，教我們把寶石自岩石中挖出來磨光，將它們琢磨得美麗無比，好似擁有永生，我們必須不被魔鬼欺騙，願上帝引導我們步入正途，阿門。」

神父在講道時，不住地揉摸著手指上戴的瑪瑙戒指；伊芝則悄悄地將她手肘上戴的綠玉手鐲取下來放入口袋。

星期天的早餐是我的一大樂趣，熟睡一晚後我像一頭餓狼一般迫不及待的走到餐廳，玫瑰花的香氣自玻璃門間飄入，陽光把我已剖開的葡萄柚染成金黃色；我用調匙挖起一片柚瓣時，柚汁噴出來滴進我的眼睛，使我目眩眼花。祖母用稍嚴厲的口吻訓斥我說：「吃葡萄柚要用葡萄柚匙！」

我答說我沒有葡萄柚匙。

原我們年輕愚昧的新女僕瑪莎在我桌上放了一隻掬果醬用的小調匙，祖母叫她去換葡萄柚匙，不免責備她一番，同時也責備傑姆士未曾好好訓練僕人，祖母是非常注重細節的。我吃完葡萄柚後，她說：「這調匙令我想起一個中國人的美食。前幾天我到倫敦去拜訪老朋友李夫人，是她告訴我的。她說中國人把新鮮的蓮子綠色的外皮剝掉後，用冰糖水熬煮，每顆蓮子只有橡子那麼大，他們用一個圓形的小調匙一顆一顆地吃，中國人是非常文明的！」

我的喬治舅舅是一個溫暖親切的人，祖母也很喜歡他，但是她像許多其他人一樣，認為他有點古怪。

我讀一年級時，舅舅和舅媽就已經離開英國，搬到法國南部。舅媽喜歡參與蒙地卡羅[58]區域的國際社交活動，舅舅則願做任何事以博得她的歡心。但舅媽不幸患皮膚病逝世，據說她可能是自殺的，因為皮膚病嚴重毀壞了她的美貌，舅舅此後即一個人獨立生活，重未考慮再娶。

舅舅在法國南部山區有一座別墅，收藏了很多馬諦斯，畢卡索、夏卡爾等大師的名畫，他的臥室中掛了一幅舅媽美麗的畫像。我和舅舅雖然年齡懸殊，但感情極好，他是學者，但也是嗜好美酒佳餚的行家，甚至雇用了一位艾斯可非廚藝學校[59]的名廚擔任他的廚師。

今年夏天我計畫到舅舅家中去渡假，當我開車往亞維儂山區時，我忽然想起畢卡索的名畫「亞維儂的少女」。一路上這幅畫縈繞在我的腦海中。到達別墅時，舅舅已在門口等我，他笑著歡迎我說：「你的拉公達一路順利嗎？」

「車子行駛正常，彬彬有禮，恰如爹爹。」我答，舅舅就笑了，他的管家便將我的行李拿到樓上，並說：「七點半晚餐，賀登少爺。」

晚餐桌上，一對華麗的燭臺點亮了銀餐具和水晶杯瓶。我告訴舅舅我在驅車時憶起名畫「亞維儂的少女」，「您沒有收藏這幅畫嗎？」我問。

「不錯，」他答，「那是一幅偉大的名畫，可是我並不特別喜歡名畫或當代名媛；那幅畫中，五個少女組成了一幅有趣的構圖，但是她們的面孔好似假面具，令她們感覺互不相關。」這時我們已經喝完了美味的馬鈴薯大蔥濃湯，繼續吃冷魚片及牛排，舅舅舉起酒杯祝我健康，順便問我祖母的近況。我答說她身體很好，但是捨不得讓我離她去度假。舅舅說：「不要擔心，賀登，須知我欣賞你的伴侶決定不亞於你奶奶的熱情！明天我為你安排了一場網球賽，希望你記得帶了球拍來！你開了一天長途汽車，一定很累了，你不要陪我，先去洗澡睡覺吧！」

舅舅果然像是我第二個祖母。

凱瑞娜自一個初次參加正式社交的少女聚會回家，她的哥哥約翰雖曾陪她去，卻留下來聽一場馬勒的音樂會，沒有回家。我從劍橋回家來陪祖母度一個週末，我們的家庭醫師說祖母的心臟欠佳，所以她現在常叫佣人為她在臥室中開飯。她的年紀大了，我儘量多從學校回家陪伴她。她的房間養了好幾盆薰衣草，薰衣草的清香總令我憶起祖母。

今天下午我請凱瑞娜來喝下午茶，我們坐在花園裡，園丁正在進行他每週一次的除草工作，微風送來一股草香。

「好神奇的香味啊！」凱瑞娜看著我叫了一聲。

是草香，我最愛的香味，甚至超越薰衣草的清香。其實青草並無香味，但當青草被切時，清香百花難比，相較之下，玫瑰的香味太重、槴子花香太濃、柳橙花的香味太甜，就連水仙花的清香也比不上青草被切割時的純香。

凱瑞娜一面喝茶，一面吸入草香，我注視她顫動的胸部，目不轉睛。

「氣味是甚麼？」她問。

「我不知道，你知道嗎？」我答。

「我只知道它是看不見的東西，就像靈魂。」她說。

「那麼，花的香味就是花的靈魂，不同的花各有不同的靈魂，花的靈魂是女性的，但是草香像嬰兒，沒有性別。」

「我想你說對了，」凱瑞娜說，「所以有名的香水廠牌都是用了女性的名字，沒有人做得出草香的香水！」

除草機的聲音停了，一陣微風自被摧殘的草叢中送來一股來自天國般的清香。

墨非，約翰和我約好一同自劍橋開車到埃文河邊的斯特拉弗鎮[60]去度一個週末，我們看了一場羅密歐與茱麗葉的悲劇。劇中飾男女主角的演員都非常年輕，恰如原劇設定；扮演這種愛情故事的演員，年輕比演技重要，天真笨拙的演技反而有它更動人的效果。

我們自戲院出來時，我看見墨非眼中含淚。這小鎮並沒有很多觀光客來看戲，感覺愉悅卻平靜。我們路過莎士比亞的住宅回到旅館，在花園旁邊高雅的餐廳坐下來叫了一瓶葡萄酒。約翰好似已把悲劇拋至腦後，只顧研究菜單；墨非卻好似在悲哀地沉思，他說：

「假若羅密歐與茱麗葉沒有早夭，假若他們快樂地結婚了……」

「假若如此，世界上就少了一部莎氏最偉大的悲劇。」我說。

「愛悲劇的世人還有很多其他的選擇，例如梅耶林[61]。」約翰說。

「我看過梅耶林三次，還是沒弄清楚故事的原由。」我說。

「那故事會使墨非哭的，」約翰笑著說，「如果劇中的盧道夫公爵娶了瑪麗男爵夫人快樂地度過一生，梅耶林就變成了罕為人知的一個獵人居住的別墅而已。」約翰說。

「但是劇中的公爵是否先殺了他的愛人然後自殺？」墨非問。

「是的，」約翰答，「這悲劇令梅耶林不僅是一個獵人別墅，也是愛情的墳墓，可是，」他又加了一句，「我們不要自怨自艾好不好？我已經餓壞了！」

他點了菜，我點了酒，我們便盡情享受一番。

音樂會結束了。我和墨非都很欣賞今晚的節目：巴哈・博格，塔堤尼和馬勒。在珠光寶氣、燭光閃閃的前廳，我們遇見了凱瑞娜和約翰，傑也離開家人來與我們聚會，墨非立刻請我們坐車到他家裡去吃宵夜，「來啊，朋友們，夜未央啊！」

對墨非而言，總是夜未深，他有時會花一整夜傾聽貝多芬的交響樂，從第一個到最後一個，感受大師作曲的進化。墨非在學校中是數學榮譽生，被公認為是天才也是「怪人」，他熱愛音樂，但他最專注的嗜好是研究夢境，他認為夢境是人生的一部分，也可說人生如夢。

墨非在找他今晚帶來的客人達妮，她終於從洗手間出來了，身穿絲織晚禮服，姿態優美。我們坐上墨非由司機駕駛的汽車，約翰自己開車隨後，迅速地駛往墨非的住宅，走進寬大宏偉的客廳。墨非的管家睡眼惺忪地走出來侍候客人，可是墨非向他說：「你去休息吧！我的朋友們會幫我處理一切的！」我們把杯盤酒壺找出來放在桌上，凱瑞娜和達妮為大家倒葡萄酒，墨非便播放馬勒的飲酒歌。約翰忙著吃英國乾酪和巴西堅果，達妮和我站在窗前飲酒，凱瑞娜走過來舉杯歌唱：

小池的中央立著一座
砌了白色和綠色
磁頂的亭子
朋友們坐在亭子裡
快樂地飲酒談天……

我舉頭看見窗外的新月已經昇到天頂，更遙遠的空中獵戶星座好似一個冰冷的飾物，懸掛在某個女神的頸上。

早晨的太陽上昇到碧藍的天空，今天是一個理想的騎馬的日子，我請凱瑞娜來和我一同騎馬。我們穿過村莊，田野，騎上山頂的松樹林，停下來休息。

我們出發時，天空無雲，現在天空藍色更深了，天邊卻有一大團白雲；那遠方我的家「華登大廈」好似一個小玩具屋，屋前草地上有一個洋娃娃似的小女孩——妮克。

凱特吸了一口新鮮的松風說：「好香啊！你在看什麼？」

「我在看雲，」我詆答，「我們該回家了！」

「走吧！」凱瑞娜回答，我們就開始飛馳下山，到家時馬背已泛出晶瑩的汗珠。戴姆勒不在車庫，傑姆士告訴我它載著祖母到倫敦去了。我們在花園裡坐在陽傘下午餐。

飯後凱特有點疲倦，就陪我躺在草地上休息。我從小時候起就喜歡在草地上玩耍，長大一點後常和妮克在草地上打槌球等遊戲；今天，草地是一片巨大的綠色地毯，躺在上面感覺幸福無比；凱特躺在我旁邊看「愛麗絲夢遊仙境」，這本書是四、五年前祖母送給她的。

凱特說：「我從前看這本書時，有豐富的想像力，我不懂看書，也隨著那隻看錶的兔子鑽進洞中……現在我雖然還是很喜歡看這本書，但是不會參與兔子的旅程，這表示我已經長大了！」

我沒有回答，但是我知道隨著歲月增長，孩子會失去他們最寶貴的天真和想像力。我輕輕地摸摸凱特的腹部，她回按著我的手，微風撫摸著我們的手腕和腿。

我們七人在巴黎會合：阿理安、凱瑞娜和哥哥約翰、墨非、傑、蓮蓮和我。阿理安和傑來自波士頓和紐約，蓮蓮則來自古老的遠東。巴黎報紙的社交欄稱我們為中、美、歐三大陸的當代鍍金（傑出）青年。巴黎晚報宣稱墨非繼承了來自非洲金礦的巨款，正在用來進行研究夢境；而約翰是傑出的遊泳和滑雪冠軍，加以身材魁偉，金髮覆額，宛似一個古希臘神明。另一個記者說他是一個花花公子及天才畫家，這兩項都不正確，約翰絕對不是花花公子，而且只畫過一幅靜物寫生送給他妹妹為生日禮物。

68——詩和詩人

天空碧藍，凱瑞娜、蓮蓮和我躺在地中海岸一個私人的金色沙灘上，享受溫暖的日光浴；阿理安和瑪蒂亞游向深海去了，約翰從別墅中走出來，帶了一條黃色的厚毛巾和一本波特萊爾[62]的名詩，躺下來閱讀。

太陽尚未昇高之前，阿理安和瑪蒂亞已經用優雅的自由式游回沙灘。「今天海水如何？」約翰問。

「涼快舒服，」阿理安答，「你最好趁水還沒有曬熱以前去游。」隨著她就和瑪蒂亞一同躺在我們旁邊，約一小時，約翰終於打斷了沉默：「波特萊爾一定自以為較一般世人高超，詩人們多半都自認不凡。」

凱瑞娜說：「因為他們會向我們顯示我們看不見的東西，可是我一向不大喜歡詩和詩人。」

「為什麼呢？」蓮蓮說：「我認為詩是文學與哲學的最高成就。」

「我不喜歡的是詩人常常為了韻律把字序顛倒排列，」凱瑞娜答。約翰便把他手中的詩集翻開說：「這首關於信天翁的詩是個好範例：

每個詩人都好似
降生於高空的王子
被放逐到地球上時
他宏偉的翅膀反而
阻止他在地上走路。

我覺得這首詩非常美，可是約翰改了話題，他向阿理安說：「妳游了一早上，一定餓了吧？」

阿理安說：「我還不餓，」

「可是午餐時間已經到了，我已經餓壞了！」約翰說。

「妳說得對，凱瑞娜，」蓮蓮說，「很多詩不容易懂。有一個中國詩人每次寫了一首詩，就先唸給他的僕人聽，如果他們聽不懂，他就把詩改得簡單一些，直到他們可以聽懂。他是一個不自以為降生於高空的星球的詩人。」

69 —— 耆那教[63]

阿理安和我游泳後留在海邊，約翰、凱瑞娜、蓮蓮和馬賽都坐車到蒙地卡羅去看一場汽車比美競賽。我們坐在陽傘下的小圓桌旁，享受午餐，我吃牛排，阿理安點的是王后雞湯[64]、西班牙式煎蛋捲和吉康生菜沙拉。

「妳還是不吃肉嗎？」我問她，「我記得上次在墨非家聚會的時候，妳吃了小牛肉，甚麼時候起變成素食者了？」

「大約一年半以前，我在布達佩斯時經過了一個屠宰場，看見許多血淋淋的懸掛的肉類，我就再也不想吃肉了。而且我一向都不贊成殺死別的動物來餵飽自己。」

我每次在阿理安面前吃肉總覺得很不自在，但是她從來不曾批評他人的壞習慣，她非常會體諒他人。有時我想為自己辯證，就說老虎和兔子，食肉和吃草的動物都是上帝的創作，她說：「賀登，我知道你要問我甚麼。你會問，蚊子來吸你的血，你會殺牠嗎？鯊魚來攻擊你，你怎麼應付？我的回答是，我會把蚊子揮開，不會殺牠；我不會到有鯊魚侵襲的海裡游泳，不會引誘牠們來攻擊我。」

服務生端來了一盤香甜的點心，引來了一隻蜜蜂。我直覺地拿起一本書去打牠，阿理安已經輕輕將牠拂開：

「蜜蜂也和我們一樣有權利享受夏天的祝福！」

達妮的父母到巴黎的城中住宅宴請自紐約來的客人，鄉村別墅因而空下來，達妮就趁機邀請她的朋友來晚餐。她只有十八歲，可是坐在桌首頗有主人的氣派，這是她第一次請朋友吃飯。

六道菜的晚餐已接近尾聲，銀盤的乾酪在桌上傳遞，玻璃盅裝的水果和堅果陳列在桌子中央的白玫瑰花旁。傑稱讚地向主人說：「好豐盛的晚餐！」大家七嘴八舌地稱讚每一道菜，達妮說：「謝謝各位，我會告訴廚師你們這些美食者的誇獎，他會非常高興。」

阿理安問：「你們在那裡買的這麼新鮮的生菜？」

達妮答說是在自家的溫室中種的，除了吉康菜外，也種朝鮮薊、芹菜和蘆筍。

我心想吃飽了美食的人，怎麼如此喜歡討論食物！也許因為食物是比政治好談的話題。

「妳吃得那麼少，我好高興妳喜歡我們的吉康菜！」達妮說。

「我喜歡蔬菜水果，我可能變成一個素食者。」阿理安答。

「你是不是信了耆那教了？」凱瑞娜問。

「甚麼是耆那教？」有人問。

「是反對任何種殺生的宗教。」

「我不是，」阿理安說，「我有時也會打死蚊子蒼蠅的！」

馬賽問：「有人曾說肉食者把自己的肚子作為各種肉的墳墓！」我覺得在享用美食後說這句話頗欠品味。

窗外樹叢中，螢火蟲閃爍地提供光芒。

今天下午我們在坎城海灣金色的陽光下游泳、滑水，每人皮膚都曬成深褐色，然後一同開車到蒙地卡羅，馬賽是主人，他在當地的巴黎旅館為大家訂了晚餐。蒙納哥是一個小城，街道、海灘都很狹窄，惟一巨大的是賭場的收入，世界各地的王爵貴人都經常在此投資。

晚餐後，我們到馬賽的別墅聚會。別墅中種了許多高大的松柏，橘子樹和無花果樹。我站在大理石平臺上，看見高空一輪明月向地中海面灑下千萬點銀色的光芒，忽然很想在月光下游泳。我想找一個游伴，但是每人都推說下午游得太累，或晚飯吃得太飽，沒有人肯陪我，我仍舊決定去游，而且決定裸泳。晚風有點涼，海水卻是溫暖的，沒有泳褲的拘束，覺得非常舒服。

忽然我看見遠方有一個泳者，游近我時，原來是一個金髮女郎，她抬起頭來說：「好美的月亮！」

我回應道：「今晚的月亮和你一樣美！」

她問我：「你是從別墅來的嗎？」我說是的，便問她自何處來，因為這是私人海灣，她卻說她是從村莊來的。

我們安靜地游向岸邊。她站起來，赤裸的身體非常苗條，像一個磁鐵般吸引著我。我吻她，年輕的她居然也懂得用舌頭回覆。我進入她的身體，她舉起雙腿放在我肩膀上，在明媚的月光下，我們盡情歡娛。

過去二週中，布堤在教迪諾王子歷史的哲學和哲學的歷史，慢慢講到東方哲學。他最喜歡的是中國哲學，花了很多時間講老子和莊子。他認為莊子是有史以來最偉大的思想家，遠遠超過柏拉圖或蘇格拉底。

莊子曾經夢見自己是一隻蝴蝶，當他醒來時，他不確定自己是否真是隻蝴蝶，夢想自己是莊子。他懷疑人們覺醒時認知的現實與潛意識感受的現實孰是孰非。

迪諾問他的老師：「蝴蝶可能希望自己是人嗎？」布堤答道：「世界上崇尚體積巨大，力量非凡的人，會希望自己變成一隻大象嗎？」迪諾搖搖頭說：「蝴蝶體態輕巧，適合在空中飛翔，在花叢中採蜜；人的身體太重了，只能站在地上。」布堤說：「你已經回答了自己的問題。人們受焦慮和憂愁壓抑，罕感歡樂，他們羨慕蝴蝶無憂無慮的生活；但是蝴蝶卻很滿意自己的生活。」

「我們又如何知道蝴蝶快樂呢？」迪諾問，但是得不到答覆。

73 ——登月日

七月二十日和十二月二十五日，互相為自己的重要性競爭：聖誕節是慶祝耶穌誕生的節日，登月日則是在二〇一九年，人類首次登上月亮後的五十年，被宣稱為登月日的節日，這節日是全世界慶祝人類步入太空的一天，因為人類獲得了自由，不再受地心吸引力的限制。

在太空遊艇梅杜莎宏偉華麗的餐廳中，工作人員和唱詩班坐在大廳末端，旅客坐在前端的長桌旁，迪諾王子居中，保羅神父和布堤老師分別坐在迪諾的左右。奏樂開始時，一百隻氣球上昇到繪有彩霞的天花板上。米密卡騎在羅基背上，快樂地高呼：「球！球！」羅基假裝自己是背馱嬰兒耶穌的聖人，迪諾看見羅基的困境，就放了一個藍色的大氣球下來，引誘米密卡爬下來追氣球。然後迪諾率領眾人到陳列了各種美食的長桌前去索取自己喜愛的食物。長桌旁的圓茶几上放了一座龐大的冰雕，雕的是希臘的少年之神賀比[65]，兩手各舉一個金碗，分別放了俄國魚子醬和匈牙利鵝肝醬。

用餐的音樂播放完後，播音機宣告午夜化妝舞會即將開始，最佳的面具和服裝設計人將會搏得獎品，首獎是十克拉的圓形月長石項鍊。迪諾傾聽著播放的音樂，藍眼睛露出些許悲哀的光芒，他正在回憶自己的前生……

羅基吃得非常滿意地說：「我不記得是哪位名人說過：我們的世界是天下最好的世界！」布提說：「是一個樂觀名人說的吧！」迪諾說：「不是，伏爾泰是一個嘲世的作者。」

羅基說：「如此快樂的日子，別管那嘲世的人吧！」

這時全廳忽然變得漆黑，伊芝大聲叫：「米密卡，馬上開燈！」

燈亮了，滿面笑容的小頑童站在電燈開關旁邊的椅子上。

74——茶餘點滴

無論在地球或太空，下午四點半都是喝茶的時候，因為人是習慣的動物。

迪諾王子邀請了保羅神父、布堤、羅基、泰雅、伊芝和她的小弟，聚集在華麗的休息廳中；鑲嵌了貝殼的茶几上放了一個龐大的古銅茶壺，中央長桌上陳列了芥菜和黃瓜三明治，芥茉醬和鯷魚醬，一盤小點心和一個草莓奶油蛋糕，是迪諾特別為米密卡訂做的。

保羅神父正在吃一塊芥菜三明治，伊芝想起神父今晨講道時曾經說，上帝花了六天時間創造了宇宙中所有的東西，第七天因為沒事可做了，就把它定為安息日。她問神父，「那麼上帝第八天做甚麼呢？聖經上沒有說。」

泰雅在為每個人倒茶，每人都喝英國式的茶，只有保羅神父喝中國茶，不加牛奶和糖。米密卡喝新鮮的牛奶，因為遊艇中有無性複製的機器，可以做鮮奶。

保羅神父沒有回答，迪諾替他答說：「我想在第八天，上帝就開始讓每件東西開始變化。」

「不錯，」羅基說，「這就是達爾文說的進化論。」

「是這樣嗎？神父。」伊芝問。

神父沒有回答，他正開始吃一塊黃瓜三明治。

布堤說：「達爾文胡說八道。」

迪諾忽視了他老師的批評，追問保羅神父的意見。

「是的，」神父答，「萬事都有改變的趨勢。」

羅基想了一下，說：「聖經告訴我們天國的性格和孩童的性格相像。小孩無聊的時候，會自己發明一些遊戲；萬物的變化是否是上帝的遊戲呢？」

「有些改變，例如地震，火山爆發、洪水氾濫等，不能稱是遊戲，可能是一種懲罰，」布堤一面喝茶一面說，「我們都知道上帝毀滅了索多瑪、哥末拉[66]，還有龐貝[67]這些罪惡的城市。」

「懲罰不是一種惡念嗎？」泰雅問，神父卻不回答。

「我不懂日本為甚麼常常受到地震的懲罰，日本並不是一個壞國家。」伊芝向泰雅說。

「親愛的朋友們，」神父說，「我們不了解上帝的旨意，就好似螞蟻不了解人類的活動一樣。」

伊芝說：「我一向以為上帝只做美好和善良的事，醜陋邪惡的事都是魔鬼做的。」

「不錯，」布堤說，「可是魔鬼也是上帝創造的，也許是上帝不小心做錯了！」

「魔鬼不可能是上帝做錯的結果，」迪諾心想，「他只是一個不幸墮落的天使吧！」

水晶禮拜堂的空間，隨著透明的玻璃牆和屋頂，與戶外漆黑的太空溶為一體，唱詩班正在歌唱紀念聖母瑪麗亞的哀愁史詩，小男生清甜的歌聲好似來自天使。保羅神父用嚴厲的口吻向聽眾講道：

「人們違背上帝，獲得學問卻無智慧，他們變得很自大，便建造了一座高塔，以為可以直達天堂。高塔快要完成時，上帝令所有的工人同時各用自己的語言說話，聲音混雜以至無人可以聽懂，築塔的工程就只好停下來了，但是兩千年以後，人們發展出一種共同語言，他們終於抵達天堂。」

聽完講道幾天以後，迪諾仍舊在考慮巴別塔的傳說。他向布提說，「希臘神話傳說宙斯神因為愛上了人間少女而下凡，人們為何要築塔通達天堂，難道他們愛上了仙女嗎？」

布提微笑地說：「絕對不是。人們不但違背了上帝的旨意，並且向上帝挑戰，他們忽視了上帝的十大訓令。」

「為甚麼？他們想獲得甚麼呢？」迪諾問。

「他們沒有獲得任何有用的東西，只獲得了混亂。」

「你是說，語言混亂嗎？」

「是的，語言混亂因而頭腦不清。」

迪諾好似若有領悟，他說：「頭腦不清以致價值不明！」

「你說對了，」布堤說，「他們只知追求高超的物質文明，而忽略了精神文明。於是他們，我應說是我們，發明了世界語，但是沒有成功，我們仍舊各說各話，互相誤解。我們惟一成功的是用鋼構建造了無數個高聳的巴別塔，甚至於在塔頂裝置了避雷針，來向宙斯挑戰。」

迪諾王子天使般純潔的臉孔，顯現出奇異而矛盾的神情：「我們甚至於駛入了太空，禁止進入、意義不明的太空……」

祖母走了已經一週了，她去到另外一個世界，不再回來。

我照例每週末從劍橋回家來陪祖母，今天坐在長餐桌只有我一人，但是我胃口仍舊很好，吃完了亨利為我做的一整個橙汁烤蛋，爹爹和媽咪到匈牙利去參加一個外交會議，家好像一座空房子，雖然還有七個佣人。

我到音樂室去，可是無心彈琴，也不想聽唱片。我照例上樓去敲敲祖母的門，卻聽不到溫柔的聲音叫我進去。房間依然瀰漫著一股薰衣草清香，躺椅，茶几和旁邊的跪墊，一切如故。我從衣櫃上的一排世界名著中選出了一部「神聖的喜劇」，搬到寫字臺上翻閱，桌燈照亮了我無名指戴的戒指，記得十年前祖母給我這戒指時，我的手太小了，只能戴在大姆指上，現在戒指的大小恰恰合適。

我翻閱書中波提切利優美的插圖：天堂和地獄，天使和魔鬼。祖母是一個忠實的教徒，從無任何懷疑，她現在與天使為伍，我眼中充滿了淚，但是心中卻感覺喜悅。

77——小鎮西施

清晨，我從巴黎開車到蒙地卡羅，去和墨非，愛維，凱瑞娜聚會。高速公路穿越起伏的山丘，空氣清新，十分愉快。傍晚時我在亞維儂區域的小鎮，停下來吃晚飯。這季節的天氣非常適合露天用餐，我點了濃湯，牛排，酒釀甜糕，乾酪和咖啡，飽餐後起身到鎮上閑逛，未決定是否先找一個旅館住一晚還是繼續開車到亞維儂去。街上許多人坐在石凳上吸煙，一個少年拉著手風琴唱歌。

街道逐漸變得狹窄，燈光也較暗；經過一個急轉彎之後，來到了妓院區。一個美貌的少女自門口向我招手，她臉上有一種急切，懇求的表情。她抓住我的手臂把我拉進室內栓上門閂。房間很小也很暗，室內有一張小床，一個矮櫃和一個坐浴盆。她很快地脫光了衣服。

我說：「妳很美，叫甚麼名字？」

「蘇菲，」她說，然後就躺在床上遞給我一隻筆說：「畫圖！」

「畫甚麼圖？」

「隨便。」

「可是沒有紙？」我一面答一面脫衣服。她指指自己的腹部說：「畫在這裡！」

「好奇怪的小姑娘。」我想；一面在她攤開的雙腿中間跪下來，在她肚皮上畫了一個男人的性器官，她抬頭看見圖，高興地笑了。「現在玩真的吧！」她命令我，「玩過了你要給我錢買蛋糕，我很餓！」

她舉起雙腿，我就進入了她的身體；她用力地蠕動身軀，我配合她的動作，直至我的精液狂喜地射入她體中。

她起身為我擦乾淨陽具，自己卻沒有用坐浴盆淨身。「好奇怪的姑娘，」我想。我離開時，給了她一筆寬裕的小費。「明天再來，」她說。

「好呀，明天見！」我騙她回答。

街頭的年輕人還在拉著手風琴歌唱：「一切如意……」

走出妓院，腳步輕快，性交釋放了累積在體內緊張的情緒，不但獲得自我滿足，也因滿足了對方，感覺愉快。

我從來不曾鄙視娼妓，她們出賣自己的身體，促使名門閨秀得以保持貞操；提供歡娛卻無任何愛情或道德枷鎖。我走向自己的汽車時。一輪新月已照亮了賽恩河畔的屋頂。我憶起小時候曾經問保姆，另一半月亮在那裡呢？小時候，除祖母外，保姆就是我最親近的人，如果她現在看見我從妓女家中走出來並且誇讚娼妓，不知會如何想。

我回到旅館換了衣服，準備和約翰、凱瑞娜、愛維聚會小酌，晚餐，然後到戲院欣賞莫札克的「魔笛」。我忽然覺得非常餓，但是目前才六點半，離晚餐時間還很長，我走到咖啡店前路邊的小桌坐下，點了一盤甜酒燉蜜梨加冰淇淋。人行道上盛裝的青年男女川流不息，我忽然聽見有人向我說：「晚安，年輕人，」說話的是鄰桌一位美麗的妓女。她微笑著向我說：「我住在這附近。」

我還她一個微笑說：「今晚不行。」令她失望了，感覺抱歉。

她眉目間自信的神情，好似認為沒有男人可以抗拒她的吸引力。我離開時，聽見她向服務生點了一杯苦艾酒。

79——愛維

馬賽、凱瑞娜、阿理安、傑和我或坐或臥在溫暖的海灘上，我們自深海游泳回來，感覺興奮又愉快，阿理安說：「和大自然如此接近，是靈魂的一大享受！」我們都曬得很黑，凱瑞娜纖細的手臂和腿曬成土紅色，光滑美麗，令我非常想去撫摸，去感受皮膚下面充沛的活力。

海灘上，穿著五顏六色泳裝的青年男女和兒童奔跑玩樂；海水比藍寶石更藍，泳者自白色的木筏跳入海中，遠處海上是滑水的高手。自我們左邊的游泳池傳來歡呼與掌聲，兩個少女正從跳水板上跳入水中。我們幾個人都坐起來看，這時一個少女正伸開雙手跳入高空，然後優雅地向下飛，頭和手先進入泳池，未激起任何波浪。她從池中起來時，脫去泳帽，金髮垂肩，好似水仙。這時阿里安忽然叫了一聲：「愛維！」她笑著走過來說：「不知道你們都在這裡！」馬賽說：「好漂亮的跳水！看得我差一點要哭了！」愛維說：「我常常很想飛，有時做夢自己會飛，從高臺跳水就有一種飛的感覺，也許我前生是一隻海鷗！」

墨非的父母為了歡迎蓮蓮自遠東來到英國，請我們吃午飯，飯後墨非、凱瑞娜、蓮蓮和我坐在戶外草地上閑談，草地剛被修剪過，散發出一股清新的草香。墨非一面為我們準備薄荷奶茶，一面說：「蓮蓮，你的長途旅行經過了這麼多不同的國家，有甚麼有趣的經驗，說給我們聽好嗎？」

蓮蓮放下杯子說：「旅行的樂趣之一就是告訴朋友一些新奇的經驗。我去拜訪我的舅舅時，看見一個非常奇特的現象。舅舅住在一個小鎮名叫大理，大理的郊外有一個有名的泉水，叫做蝴蝶泉，泉水非常清澈，水邊有許多高大的老樹，當地人說是一種柚木。我去的時候是五月初，樹上開滿了淡紫色的花，花的形狀有點像蝴蝶，又有點像女人的腿，構成一幅超現實的畫，非常美麗。」

「為甚麼超現實呢？」我問。

「聽我說，精彩的還在後頭，」蓮蓮答，「正當我在仰慕開花的大樹時，樹林中忽然飛出來一群蝴蝶，金黃色的翅勾著黑邊，它們在顫動的花瓣中間飛翔，紫色穿插著黃色，我看得如癡如迷，以為自己在做夢……」

「我從沒做過這麼美妙的夢，」墨非說，「後來呢？」

「後來我看到一個不可思議的現象：蝴蝶開始攀上花朵，頭銜腳，形成一串一串的花蝴蝶，每串有三四呎長，在微風中搖晃，好像無數條金黃色的絲帶……」

「不可思議！」凱瑞娜說，「但是我不能不相信我們的蓮蓮！」

「信不信由你！」蓮蓮說，「舅舅告訴我每年五月十五日，週遭的蝴蝶都會飛來啜飲泉水和花露，然後在樹上交配，因此這泉水便被稱為蝴蝶泉！這一天，大理的年輕男女也都到泉邊來觀賞奇景……」

今年夏天，墨非的父母應邀去參加馬賽的父親帶領的地中海上航行；墨非趁機請了自己的朋友到家中聚會，他的都鐸式[69]祖傳住宅擁有一個龐大的花園，四周種植了多株榆樹和白楊木。今晚的客人是傑、愛維、阿理安、馬賽、蓮蓮和我，豐盛的晚餐包括：冷雞湯、烤鮭魚配龍蝦醬和白酒、牛排和烤馬鈴薯配紅酒、吉康生菜沙拉、菠蘿烤蛋、鴨梨、葡萄、各式堅果和薄荷巧克力。

飯後閑談的主題多半是夢。墨非自八歲時，每天早晨第一件事便是記錄昨晚的夢，他把這些記錄稱為他的「夢記」。他在劍橋讀書時，主修數學，同時也研究心理分析學和釋夢學。他的老師認為他是一個天才學生。

今晚，每人都飽食了一餐，阿里安除外，她嘗了一點烤鮭魚後，就只肯吃生菜沙拉和甜點。蓮蓮問她為何吃如此少，她說：「我們有這麼豐盛的蔬菜和水果，實在不需要殺生，吃葷菜！」傑說：「你不會是變成了一個耆那教徒吧？」其實阿理安已經立下志願，連蚊子也不願殺。

今晚天氣悶熱，阿理安走向室外，我們也都跟著走出來。室外的空氣清新，墨非播放了一首鋼琴協奏曲。高空中明月高懸，樹叢中螢火蟲閃爍發光。愛維在告訴傑她今夏將參加國際游泳競賽，傑是她最熱烈的仰慕者，她苗條的身材披了一件碧綠的綢緞長衫，分外托襯出俊美的膚色。

墨非自音樂室中走出來，看見高空明月，便舉杯向月亮祝賀。

蓮蓮輕輕向我說：「墨非真是一個稀有人物！他有這麼多親朋好友，但是他只向月光祝賀！」

安迪是馬賽父親的遊艇，在海灣中所有美國和歐洲的遊艇之中，她是群艇之后，好似一隻高貴的白色天鵝。這天晚上天高氣爽，海風輕柔，馬賽和我靠著船邊的欄干，遙望深海遠方。我們好似被波浪衝擊船身單調的音波迷惑了，說不出話來。馬賽終於打斷了沉默：

「在那邊，靠近新芬蘭州的海邊，鐵達尼號睡在水底的墳墓中，兩千人命，無數金銀珠寶是她的陪葬品。」

「我的祖母認為，」我答說，「鐵達尼的沉沒，是上帝的懲罰，因為人類驕傲過度。她很傷心，因為好友的丈夫隨船沉沒。」

「你的祖母說得不錯，鐵達尼這名字可能就觸犯了神明。你一定知道鐵達尼原來是希臘神話中的泰坦族[70]巨人，他們自以為比神明偉大而被神明毀滅。柏拉圖也曾經告訴我們另外有一族兩性同體的民族，因為每人有雙頭四臂四腿，自以為可以戰勝神明，上帝便責罰他們，把每人砍成二人。」

「原來如此！」我說，「所以我們只有一個頭，一雙手腿！只有原始人一半的智慧！」

這時凱瑞娜走到甲板上，「約翰還有其他的人呢？」我問她。

「他們一面聽巴哈的音樂，一面玩橋牌。我是出來看海的，乘了遊艇卻關在船艙裡好沒意思！」

「是呀，」我答，「如此美麗，神祕的大海！」

「你們發現了亞特蘭提斯沉沒的祕密嗎？」她問。

「我們在討論鐵達尼號沉沒的原因。賀登的祖母認為這是上帝的懲罰，她好友的丈夫因此遇難，令她傷心。」

「沉船的悲劇可不能和一整個島嶼的沉沒相比！」凱瑞娜今晚頗有哲學家的風度。

我面對大海，感覺這奢侈精美的安迪遊艇和所有船艙中的遊戲如夢一般短暫，虛幻。

「聽說從前貢多拉[71]都是漆成五顏六色的……」凱瑞娜有點惋惜地說。我們四人坐在一艘黑色銀邊的貢多拉中，沿著運河滑行，週邊其他的貢多拉顏色也完全一樣。

「大約是某個嚴守教規的公爵定下來的規矩！」約翰說，「假若倫敦或者柏林的汽車都漆成了黑色，城裡的氣氛會多麼烏煙瘴氣！」

「謝天謝地，民主國家沒有這種危險。」我說。

我們的船穿過了一座美麗的石橋，約翰叫道：「旅館到了！」阿理安興奮地跳起來，還沒站穩就跌回了座位。

「你們都到威尼斯來過了，我是第一次來啊！」她說。

我們的旅館是一座官殿改修的，房間非常高大，優美卻簡單，床上都罩了帳蓬。我們趁太陽尚未西下以前，先帶阿理安去參觀聖馬可教堂。數百支白蠟燭賦予教堂內部高大幽暗空間一種神祕感，一個「記住，你必會死」的訊息。老人很喜歡到教堂來禱告，孩童或年輕人卻因覺得距死亡尚遠，因此離上帝也就很遠。

走出教堂，千百隻鴿子已經隨著東奔西散的遊客，離開了廣場。我們找了一家小咖啡店坐下，凱瑞娜和約翰各點了幾種糕餅，阿里安喝了一杯檸檬無奶油冰淇淋。然後大家討論到哪裡晚餐。我建議請我們的貢多拉船夫，帶我們去一個河邊餐館。

黃昏時光，黑身銀邊的貢多拉顯得神祕，約翰說：「我現在明白了，命令將船漆黑的公爵可能是一位浪漫的人物吧！」

小船穿越了數個圓拱形的石橋，我問船伕可否帶我們去看卡沙蒂侯爵夫人[72]的宮殿，他說沒聽過這名字，人們的記憶居然如此短暫！這位曾經養花豹為寵物，用獅子軀馬車轟動萬民的美貌貴婦居然已被世人遺忘了！「好可惜啊！」阿理安說，「當年尼金斯基[73]就是在侯爵夫人的宴會中遇見鄧肯女士[74]，她想為他生個孩子，他卻拒絕了她！」

「好可惜！」凱瑞娜說，「如果他們結婚，可能生出一個天才舞者！至少他們的命運不會如此悲慘！」

「我聽說伊莎朵拉・鄧肯是死在一輛敞篷的布加蒂車子裡，真的嗎？」愛玩汽車的約翰問。

「聽說她和她的情人駕車時，她的長絲巾被風吹得捲住了她的頸部，又被汽車輪軸勾住了另一端，她就被勒死了！」

「的確如此，」阿里安說，「而尼金斯基卻因娶了另一個舞者，精神瘋狂，世上從未再出現過兩個更傑出的舞者！」

「我相信命運，」凱瑞娜說，「那致命的絲巾一定是克羅托[75]織的！」

船伕終於把我帶到一個岸邊的餐廳，大家恢復了歡笑。

84 ——墨非請客

墨非並非可以常常用他家中寬大的別墅請客，但是今年夏天他的父母出國度假，他就立刻邀請自己的朋友到家中來共度一個週末。有些朋友——包括阿理安、凱瑞娜、約翰和我——夏天曾蒙馬賽的父親邀請，乘坐他的安迪遊艇沿地中海航行，剛自威尼斯歸來；馬賽自己卻放棄了威尼斯之行，到墨非家中度假；其他客人包括大學同窗傑和方自遠東來訪的蓮蓮。

我到墨非家中時，大家正聚集在寬敞的音樂室中，聆聽一首吉他協奏曲。長桌上陳列了各種精緻的三明治、烤餅和小點心。蓮蓮坐在一張安樂椅中，椅旁有一個玻璃水族箱，箱內只有一條大金魚，游來游去。蓮蓮說：「可憐的金魚，你的缸太小了，不能讓你暢快地游泳！」約翰說：「就像困在海崙娜島上的拿破崙！不過我們的魚比較幸運，至少牠不怕被人毒死，聽說拿破崙連水都不敢喝，怕英國人在水裡放毒藥。」這時女僕端來了一大盤松露鵝肝醬和酥脆麵包乾，大家都湊過去自己取用。

留聲機播放的吉他協奏曲快要結束了，蓮蓮用半嘲弄的口吻說：「墨非鋼琴彈得那麼好，為什麼要用罐頭音樂來招待我們！」說得大家都笑了。墨非終於走到鋼琴前面坐下了，他要為我們彈一首巴哈。「但願我有一座大鍵琴！」他說，「能用巴哈時代的樂器彈巴哈的音樂，該有多好！現代鋼琴的聲音過份響亮，不像大鍵琴溫和的優美感……」

享用了一頓豐盛的晚餐後，我們到花園去喝咖啡和甜酒。今晚天氣溫和，晴天無雲，一輪半圓形的明月懸掛在花園末端的樹梢。「好美的月夜！」墨非說，「約翰是最會講故事的人，能和我們講一個鬼故事嗎？」

「不要鬼故事，」凱瑞娜叫道，「要好玩的故事！」

約翰喝了一口柑香酒，清清喉嚨說：「我是有一個故事，其實不是故事，是一件真事，不知道你們會不會相信。」

我們圍著約翰坐下來，形成一個半圓形。凱瑞娜手中拿的檸檬奶茶正好和她翠綠色的綢衫相配，蓮蓮選了金黃色的甜酒配她金黃色的長裙，與她漆黑的頭髮形成鮮明的對比。約翰深深吸了一口氣說：「好香的梔子花！梔子花總會令我想起希臘！我的故事也剛好發生在希臘。」

我們七人屏息靜待他開講。

「在美國德州有一個非常有錢的黑人，他的妻子逝世後，他決定出國旅遊，舒慰心情，去到希臘。」

「如果是真的故事，他叫甚麼名字？」馬賽問。

「不要插嘴，拜託！」凱瑞娜說。

「我講到那裡了？」約翰問。

「你說故事的主角去到希臘，」我提醒他。

「是的，他去到雅典。賀登，你聽過這故事嗎？」

「沒有，我只聽說美國的有錢人到希臘找文化，希臘的窮人想到美國去發財。」我說。

「總之，我們這位大富翁黑人到了雅典，他先到衛城去仰慕神殿，然後下山去訪妓院。神廟和妓院是好鄰居，古時候在巴比隆，每一個女孩子都需要為愛神犧牲自己的童貞，她們會坐在神廟面等男人來完成這樁壯舉。好香的梔子花呀！」約翰深深吸一口氣，「我說到那裡去了？」

「說到妓院裡，」墨非提醒他。

「對了，黑人大富翁在妓院裡看見一個美麗的少女，他立刻愛上了她，但是他並沒有侵犯她。他每天去看她，每天付她錢，他們變成了好朋友。」約翰喝幾口酒再繼續說。

「他敬愛她，想娶她帶她回美國去，又送給她許多禮物。她也很喜歡他，但是從未考慮會嫁給他，所以一天，當他向她求婚時，她悲哀地搖搖頭。」

「不知有多少美國女孩子會想嫁給這大富翁！」馬賽說。

「你又插嘴了！好煩人，」凱瑞娜叫道。

「可是他並沒絕望，」約翰繼續說，「他建議婚禮可以在正統希臘教堂舉行，她仍舊搖搖頭。一天晚上他們同出去用餐時，他又向她求婚。女孩子便答說，要我嫁給你，我有一個條件，你要替我媽媽買一幢房子。黑人說沒問題，她說房子要很大，因為她有七個兄弟姐妹，要有花園，還要有一個果園，黑人都答應了。她又說，如果我跟你到美國去，沒有人為我媽賺錢，怎麼辦？黑人立刻說我可以送給你媽媽五十萬元。她低頭想了一下說，我還有一個最後的條件。」約翰停下來說，「你們女生不能聽這個，請先回房間去！」於是阿理安領頭，蓮蓮、愛維、凱瑞娜都隨她離開。

「女孩子終於提出了她最後的條件：她說，我要十二吋。黑人大富翁猶疑了片刻，然後嘆了一口氣。

好吧，他說，「妳幫我找一個好醫院，我須要切斷兩吋！」

深夜，我一人走過草地，平時，學生沒有導師或院長陪同，是不許踏上這綠色地毯般的草地的；現在我不但走上了草地，還站在草地中央；我右方是美麗的國王禮拜堂，屋頂上成排的小尖塔點綴著午夜的天空。我抬頭向上看，閃爍的小星星好似和平與喜樂的象徵。

忽然，天空活起來了！廣大成群的星簇和密集的星座開始移動，改變位置，迅速地形成新奇的組合，高深莫測，變化無窮，看得我目瞪口呆，滿懷敬畏，卻無欣喜；然後星群的結構突然被撕裂，好似有神聖的手掀開了帳幕，幕後是更深更暗的空間，我的心開始下沉，下沉……

從這奇特的夢中驚醒後，還是有一種魄散魂飛的感覺，無法忘記那無邊無底的深空。抬頭向窗外看，閃爍的小星星終於令我恢復了安心。

我看看錶，時間是兩點半。明天我一定要告訴墨非我的夢。

約翰、湯姆、馬賽和我同在約翰的房間喝下午茶。自他的窗戶看出去，前面是大草地，左邊是有名的禮拜堂，右邊是學校的餐廳。「墨非怎麼沒有來？」我問湯姆。

「我以為他已經來了，」湯姆說，他是墨非的知己。我和馬賽最熟，雖然他來自法國南部。

我們將酥餅烤熱，抹上牛油。馬賽說：「我們法國人的麵包和點心舉世聞名，可是從來沒做過這麼美味的酥餅！」

「墨非可能忘記了我們的茶會，」約翰說，「他常常會忘記一些家常瑣事，但對於做夢的經驗卻會吹毛求疵。我正想問問他對於新出那本有關夢境的書有何意見。」

湯姆說：「這本書名叫時間的實驗，我剛剛看完，是一本荒謬的書，但是也相當有趣。作者有一個奇怪的理論，他認為一般人生活在四度空間裡，只知道向前看，卻不能看很遠；但是在夢中，人可以進入五度空間，昇高到路的上方，可以遠見未來，又可以向後看見過去……」

「墨非比我們了解夢，」我說，「聽說他從十歲起就開始寫一部夢記，每天早晨都把前夜的夢記錄下來。」我吃了一片燕麥烤餅，是從學校對面那家小店買來的，非常好吃。

「墨非的導師說他是一個數學天才，」馬賽說，「也是一個鋼琴高手，一個怪人。有一次上課時，他忽然開始高歌一首童謠，教授等他唱完，才繼續講課。真的嗎？」

「是的，」我說，「威爾遜教授欣賞他的才華，對他特別寬容。」

「墨非告訴我他曾經夢見自己是一隻鳥，在樹林中飛翔，他說他前生可能是一隻伯勞鳥或燕子，這是他的隔代記憶。」有人敲門，進來的是墨非。

約翰歡迎他說：「說鬼就會見鬼！這是何方諺語？」

87——化石

早夏，天氣還沒有很熱，大多數巴黎的居民還沒有出城到海邊去渡假。我們放棄了旅館的早餐，逛到鄰街咖啡店前的馬路邊，去享用露天早餐。由於蓮蓮從未去過凡爾賽宮，我們決定帶她去參觀這歐洲最有名的宮殿。我們七人坐了三部汽車，一部由墨非的司機駕駛，一部由傑開他的法國車，另一部是爹爹送給我過十七歲生日的拉公達。傑帶了凱瑞娜領頭，開得最快（凱特喜歡高速），我帶了阿里安、墨非、蓮蓮和約翰跟在最後面，車停在水庫旁邊，我們漫步穿過閱軍廣場，到達宮殿。

凡爾賽宮擁有各種令我入迷的奇景：無數廳堂、壁龕、樓梯、臥室、沙龍，二千多座雕塑、名畫……，傑說，「凡爾賽宮就像一座浩大的舞臺，滿佈華美的佈景、道具，但是表演已經結束，帷幕已降，演員已經消失！」

我們儘量遠離其他的觀光客和他們喋喋不休的導遊，穿越了無數彩繪繽紛的天花板覆蓋的廳堂，來到明鏡大廳。想當年這明鏡環繞的空間，不知反射出多少衣裝華美，珠寶燦爛的貴婦豪紳，如今卻只見便裝的遊客，好似年代錯誤的鬼魂，無法融合在輝煌的巴洛克背景中！蓮蓮說：「凡爾賽宮好像一座化石，一座人造的榮華生命的化石！它也令我憶起紫禁城中的宮殿庭園！」

我們回到陽光普照的廣場，廣場週邊是三百多年前種植的大樹；想當年路易十四與梅特農夫人在此散步時，小樹尚未成蔭，如今卻已濃綠覆頂。蓮蓮向約翰說：「好美的地方！」阿理安也回應說：「一座人間天堂！」

88——荒蕪的莊園

約翰新買了一輛俏皮的、緋紅色的二人座小轎車，非常想賣弄一番，就邀我一同到鄉村去逛一圈。他來接我的時候，皮卓從窗口看見，羨慕地大叫一聲，就跪下來想仔細觀賞，但性急的約翰已經衝出了大門。車中的黑牛皮桶形座椅非常舒服，坐在裡面好像嬰兒倚在媽媽懷抱中，有安全感。約翰喜歡開快車，高速度的駕駛提供了一種狂歡似的興奮，自彎曲的小路穿過許多山楂樹叢後，來到一個大莊園，高大的樹木林立，遠方好似有一棟老房子。我請約翰停下來，我想進去看看。

我們停在莊園兩扇發銹的大鐵門前，我下車推開鐵門，老房子好似多年沒有人住了，窗戶都關在百葉窗後，寬大的草地也長滿了雜草。我曾聽說這棟房子的主人是一個美國鉅富，爹爹在倫敦或紐約見過他，時常盛宴款待達官貴人，但好似因心臟病發猝死，莊園房屋均已多年荒蕪，未來可能會由皇家沒收。

我心中湧起一股無名的傷感，但約翰在車裡已經等得不耐煩了。「賀登，」他叫道，「你還在看甚麼？走吧！」我憶起一句諺語：「人世光榮均將逝如流水……」

「你在說甚麼？」約翰問我。我說，「讓我開車回家吧！我好想試試你的新車！」

89——現在

一個白色的冬天：白雪覆蓋了道路，草地和廣場。

我們五人聚集在墨非的書房裡取暖，圍坐在壁爐前。今天下午，墨非請我們喝香檳酒，配魚子醬。

「我第一次在下午茶的時候喝香檳酒，好高興！」凱瑞娜說。

「不管冬天如何枯燥無趣，我們現在卻可以吃喝享樂！」一向樂觀的約翰說。墨非卻不是時常愉快的人。

「你說我們現在可以吃喝享樂，」墨非說，「其實天下沒有現在這個東西，你說完了現在，現在就已經是過去！」

「你又在討論哲學了！」凱瑞娜舉杯說，「哲學家萬歲！」

「英國人說：昨天的雪今天在那裡？」馬賽說，「我們法國人卻說：今天的雪在那裡？」

「有過去和未來，」墨非說，「沒有現在！」

巨大的播音機，播出海頓的歌劇，這是一百五十多年前海頓的作品。我坐在房間裡，自窗口遙望綠地上的國王禮拜堂，聆聽這美妙的音樂，天使拉非爾正在唱：

「起初上帝創造天地，
地是空虛混沌，

我腦中湧起了奇異的思潮，因為透過海頓的樂曲，我可以聽見上帝創世的過程。配合天堂的煙火，星星出現了：

上帝說，要有光，
就有了光，

從此世界就可以看得見了，在上帝造人以前。

然後上帝就照著自己的形象，造了第一個人。上帝國度中的人是善良的，天真如孩童，喜歡玩遊戲，雖然沒有惡意，有時也會闖禍：

天使們繼續歌唱

「狂風暴雨，有如擂鼓篩鑼，

撼天動地……

我把播音器的聲音放小了一些：

「上帝說：天下的水

要聚在一處……」

將天下的水聚在一處，是何等有趣的遊戲，孩童都喜歡玩水。上帝在創世時，像孩童一般喜歡新奇和變化，無事是固定的，永遠在繼續變化。上帝將積木的質子、電子、中子和正電子組成原子和分子，形成各種生命。

91——往何處去

邊桌上銀盤中陳列了各種糕餅點心。迪諾王子、布堤、羅基、泰雅、米密卡和他的姐姐，同坐在迪諾的書房中飲茶。每人（米密卡除外）心中都在想，我們究竟飛向何處？

駕駛飛機的彼得艦長說：「我們將飛往安卓米達星系[76]。」

「可是安卓米達只是一個星座，」泰雅說。

「我們究竟飛向何處？」布堤問。

「我被命令按這方向飛，」彼得答，「到了就會知道終點何在，」

「是祕密嗎？」羅基問，他在熱茶中擠入幾滴檸檬汁。

「不是祕密。」迪諾面帶謎意的微笑回答。

「那為甚麼不告訴我們？」羅基也吃酥餅邊問。

「我說過了，」泰雅說，「安卓米達是一個星座，不是地點。」

「我們是朝那方向飛行！」彼得答。

「我們何時才會到達呢？」布堤一面問，一面拿起一塊內含鮮奶油的巧克力泡芙咬一口。米密卡想與他分享，但他說「不行，請你姐姐給你一整塊。」伊芝便笑著餵米密卡。

布堤吃完了巧克力泡芙，擦擦嘴唇又問：「言歸正傳，究竟誰可以告訴我們將飛往何處？」

「只有彼得艦長知道。」迪諾說。

「可是他好像把目的地當作一樁秘密。」伊芝抱怨地說，一面把弟弟的臉和手擦乾淨，繼續用叉子餵他，小傢伙向姐姐微笑致謝，表示自知邋遢。

羅基放下茶杯向迪諾說：「你一定知道，不知為何保密。」

「我真的不知道！」迪諾答。

這時保羅神父忽然走進書房，大家起身讓座。

神父說：「都請坐，我就坐在米密卡旁邊。」

伊芝為他倒茶，「要糖嗎？」

神父說：「兩塊，謝謝。」然後向迪諾說：「抱歉，打擾了你們的討論，你們在談甚麼呢？」

「我們都在問梅杜沙將把我們帶到何處，」羅基替迪諾回答，「可是沒有人知道。」

迪諾說：「保羅神父，你一定知道。」

「我的確知道，」神父微笑地喝一口茶，大家屏息等待。「我們往安卓米達去。」他答。

「這個我們都知道！」大家同聲回答。

今天上午，迪諾王子隨同布堤老師上了一堂冗長枯燥的「哲學史」課，然後和好友同享了一頓愉悅的午餐，玩了一場「方城之戰」。下午他快樂地和米密卡玩，背著小頑童在地上爬來爬去，直到伊芝逼著米密卡下來，他已經精疲力竭。晚飯和沐浴後，迪諾回到臥室躺下來，照例凝視著床對面牆上的「熟睡的吉普賽人」。他很疲倦，但無睡意，這幅奇特的名畫好似失去了催眠的魔力。

他非常清醒，心中默默地想：原來藝術不但可以壟斷空間，也可以靜止時間。畫框裡的吉普賽人可以永遠熟睡，身旁的雄獅永遠俯視他，沉默的吉他和空水瓶永遠陪伴他，圓形的明月也永不移動。藝術是人造的，不是天然的，視覺藝術沒有時間的觀念。他下床到書房拿了一本精裝的厚書，躺在床上看，直到自己不知不覺墜入夢鄉。

迪諾王子與熟睡的吉普賽人為伴，他身旁沒有吉他，而是一本翻開的詩集：

我心中充滿悲悼
懷念寶貴的友人
唇紅如花的少女
步履輕快的少年

少女如今熟睡於
凋謝玫瑰的平原
少年臥在寬闊得
無法躍越的溪邊

註

1 梅杜沙—Medusa—希臘神話中的蛇髮女妖。

2 思德諾—Stheno—希臘神話中的女神。

3 尤瑞雅—Euryale—希臘神話中的女神。

4 忘舊河—Lethe—希臘神話中陰間之河，飲其水即失去記憶。中國稱為「忘川河」。

5 克利—Paul Klee, 1879-1940—奧地利藝術家。

6 艾薛爾—Maurits Cornelis Escher, 1898-1972—荷蘭藝術家。

7 波提切利—Sandro Botticelli, 1447-1510—義大利藝術家。

8 拉裴爾—Raffaello Santi, 1483-1520—義大利藝術家。

9 基里科—Giorgio De Chirico, 1888-1978—希臘藝術家。

10 哥雅—Francisco Goya, 1746-1828—西班牙藝術家。

11 胡梭—Henri Rousseau, 1844-1910—法國後印象派畫家。

12 妮慕辛—Mnemosyne—希臘神話中之記憶女神。

13 弗洛依德—Sigmund Freud, 1856-1939—猶太人、奧地利精神分析學家、精神分析學的創始人。

14 伊頓公學—Eton College—英國的一所著名的公學，位於英格蘭溫莎，泰晤士河的河邊。自一四四〇年創建以來，已成為英國最知名的貴族與菁英的學府。

15 追弗—Drefu—追求弗洛伊德大師。

16 馬勒—Gustav Mahler, 1860-1911—德國作曲家。

17 荀白克—Arnold Schoenberg, 1874-1951—奧地利作曲家。

18 克麗奧佩脫拉—Cleopatra VII, B.C. 69-30—古埃及托勒密王朝的最後一任女法老。也就是後世所熟知的「埃及豔后」。

19 凱薩琳大帝—Catherine the Great, 1729-1796—俄羅斯帝國女皇（一七六二～一七九六年在位）。

20 亞歷山大大帝｜Alexander the Great, B.C. 356-323｜即馬其頓國王亞歷山大三世，他以馬其頓領導的狀態統一古希臘，並征服波斯及其它亞洲王國，直至印度的邊界。

21 馬其頓｜Macedonia｜歷史上南巴爾幹上的一個地區名稱，現在分屬馬其頓共和國、希臘、保加利亞三國。

22 腓力二世｜Philip II of Macedon, B.C. 359-336｜為馬其頓國王，亞歷山大大帝和腓力三世（Arrhidaeus）的父親。

23 華鐸｜Jean-Antoine Watteau, 1684-1721｜法國洛可可時代代表藝術家。

24 丹妮｜Danae｜希臘神話中宙斯的情人。

25 泰唔士報｜The Times｜發行於英國的綜合型日報。

26 泰里倫｜Charles Maurice de Talleyrand-Perigord, 1754-1838｜法國政治家，外交家。

27 法國晨報｜Le Matin｜發行於法國的報紙，成立於一八八三年，一九四四年停止發行。

28 米特尼｜Klemens Wenzel von Metternich, 1773-1859｜奧地利政治家，也是十八、十九世紀歐陸最重要的外交家之一。

29 盧德派｜Luddite/Luddism｜十九世紀初英國民間提倡以機械取代手工者的社會運動。

30 巴斯卡｜Blaise Pascal, 1623-1662｜法國數學家、物理學家、宗教哲學家。

31 亞特蘭提斯｜Atlantis｜傳說中擁有高度文明發展的古老大陸、國家或城邦之名，據稱其在公元前九千六百年左右於一場地震中消失。

32 食荷花族｜Lotus Eaters｜希臘史詩中食荷花，生活於夢境中之人們。

33 法斯基尼｜Isotta Fraschini｜義大利品牌汽車，一九四九年停產。

34 拉公達｜Lagonda｜英國品牌汽車，成立於一九〇六年。

35 戴姆勒｜Daimler｜德國品牌汽車，曾與賓士集團合作出產賓士汽車。

36 布加蒂｜Bugatti｜法國品牌汽車，一九九〇年後由德國VOLKSWAGON集團收購。

37 凱迪拉克｜Cadillac｜美國高級汽車品牌，成立於一九〇一年，一九〇九年加入通用汽車公司。

38 司加拉帝｜Giuseppe Domenico Scarlatti, 1685-1757｜義大利作曲家。

39 迪歐吉尼斯｜Diogenes of Sinope, B.C. 412-323｜希臘哲學家。

40 班賽姆—Jeremy Bentham, 1748-1833—英國哲學家。

41 道奇森—Charles L. Dodgson, 1832-1898—英國作家、數學家。

42 卡洛爾—Lewis Carroll—道奇森之筆名，著有知名作品《愛麗絲夢遊仙境》。

43 海頓—Joseph Haydn, 1732-1809—奧地利作曲家。

44 四季頌—Die Jahreszeiten—海頓所作的知名管弦樂曲。

45 梅湘—Olivier Messiaen, 1908-1992—法國作曲家。

46 歌頌時間之滅亡（Quartet for the End of Time—管弦四重奏，梅湘所作之曲目。

47 普桑—Nicolas Poussin, 1594-1665—法國巴洛克時期重要藝術家。

48 史尉夫特—Jonathan Swift, 1667-1745—英國愛爾蘭作家。諷刺文學大師，知名作品有《格理弗遊記》。

49 格理弗—Gulliver's Travels—英國作家史尉夫特作品《格理弗遊記》裡的主角。

50 凱撒—Julius Caesar, B.C. 100-44—羅馬共和國末期傑出的軍事統帥、政治家。

51 卡西烏斯—Gaius Cassius Longinus, B.C. 85-42—羅馬元老院議員，謀殺凱撒的主謀。

52 伏爾泰—Francois Voltaire, 1694-1778—法國文學及哲學家。

53 憨第德—Candide—伏爾泰於一七五九年所作之小說。

54 卡定札—Cadenza—樂曲最末端之裝飾樂段，由演奏者自己發揮，偶而也可由原作曲家撰寫。

55 艾克哈特—Meister Eckhart, 1260-1327—德國神學家、哲學家和神秘主義者。

56 席巴女王—Makeda, Queen of Sheba—公元前非洲東部席巴王國的女王。位置大約相等於今日的衣索比亞。根據《舊約聖經》、《古蘭經》和史料記載，她十分仰慕以色列國王所羅門，前往以色列向所羅門提親。

57 娜芙蒂蒂—Nefertiti—古埃及第十八王朝法老阿肯那頓（Akhenaten）的王后。

58 蒙地卡羅—Monte Carlo—法國東南部蒙納哥大公國之觀光賭博中心。

59 艾斯可非—Georges Auguste Escoffier, 1846-1935—法國廚藝學校名廚。

60 埃文河邊的斯特拉弗鎮—Stredford-upon-Avon—英國莎士比亞的出生及埋葬地，莎氏劇本常在居處演出。

61 梅耶林—Mayerling—奧地利小鎮，1889年奧地利貴族於此鎮一處行館內發生情殺事件，後來成為電影與戲劇的題材。

62 波特萊爾｜Charles Pierre Baudelaire, 1821-1867｜法國最偉大詩人之一，象徵派詩歌先驅以及現代派的奠基人。

63 耆那教｜Jainism｜起源於古印度的古老宗教之一，主張尊重動物生命，不可殺生（包含蚊子、蒼蠅等）。

64 王后雞湯｜Potage a la reine｜法國傳統湯品，以雞湯為底。

65 賀比｜Hebe｜希臘神話中宙斯與賀娜的女兒。

66 索多瑪｜Sodom｜哥末拉｜Gomorrah｜在聖經中被天火所焚毀的罪惡城市。

67 龐貝｜Pompeii 義大利南部古城，79 A.D.火山爆發後遭掩埋。

68 巴別塔｜Tower of Babel｜聖經記載人類興建希望能通往天堂的高塔。上帝要阻止這個計畫，便讓人類說不同的語言而無法溝通，導致建造失敗，人類自此各散東西。

69 都鐸式｜Tudor Style｜英式建築風格之一，流行於在中世紀建築晚期，都鐸王朝（一四八五－一六〇三）期間。特徵包含裝飾性的半木結構、高聳的雙面斜頂、凸出交錯的山牆、高而窄的窗戶、門窗上的小型方格玻璃、巨大的煙囪等。

70 泰坦族｜the Titans｜希臘神話中的巨型族人

71 貢多拉｜Gondola｜威尼斯運河中長形平底的單槳遊艇。

72 卡莎蒂｜Luisa, Marquise Casati Stampa di Soncino, 1881-1957｜二十世紀初義大利女富豪，以鮮明的形象周旋於上流社會與藝文圈的明星人物。

73 尼金斯基｜Vatslav Nijinsky, 1890-1950｜波蘭裔俄羅斯芭蕾舞者和編舞家。

74 伊莎朵拉・鄧肯｜Isadora Duncan, 1877-1927｜美國舞蹈家，現代舞的創始人，是世界上第一位披頭赤腳在舞臺上表演的藝術家。

75 克羅托｜Clotho｜希臘神話中的命運三女神之一。

76 安卓米達就是仙女座星系｜Andromeda｜為螺旋星系，距離大約二五〇萬光年，人類肉眼可見（三・五等星）最遠的深空天體。

P H A N T A S M A G O R I A
H A N T A S M A G O R I A
A N T A S M A G O R I A
N T A S M A G O R I A
T A S M A G O R I A
A S M A G O R I A
S M A G O R I A
M A G O R I A
A G O R I A
G O R I A
O R I A
R I A
I A
A

by C. Bartholomew and D. Wang

王大閎先生為《幻城》的英文著作《PHANTASMAGORIA》所設計的封面，原文版限量手稿書由典藏藝術家庭出版。

譯者後記

大閎先生曾為本書設計一張封面，書名是《幻城》。作者署名是王大閎及英國友人Colin Bartholomew君，但不曾說明作者合作的方式。

作者序中大閎先生說明了原文的文字來源，也形容了他心目中理想的科幻世界；但是他並未告訴我們這本書其實是由兩本小說交織形成的：一本科幻小說（以第三人稱及現在式時間撰寫）和一本自傳（以第一人稱及過去式時間描述。）兩本小說都沒有開始與結局，但是在開始與結局中間卻有豐富的描述：太空遊艇的旅客、空間、神藥釀造的太平世界、最可怕的敵人……作者的家庭、童年、愛情故事、道德觀……三度跨時代出現的歷史人物「墨非」……十歲寫回憶錄的「迪諾王子」，睡夢中變為自傳作者，悼念前生寶貴的友人……

翻譯及編輯本書的困難在於

一、原著無預定的編排次序

二、原文局部重複，局部刪除，局部無法與前後文連貫。譯文由本人勉強拼湊排列，結局須請讀者想像，謹向讀者誠懇道歉。

——王秋華，建築師

國家圖書館出版品預行編目（CIP）資料

幻城／王大閎著；王秋華譯．——初版．——臺北市
典藏藝術家庭，2013.02
　面；　公分．——（藝．小說；3）
譯自：PHANTASMAGORIA
ISBN：978-986-6049-34-7

857.83　　101026637

藝・小說 3
幻城

作者：王大閎
編譯：王秋華
編輯：陳柏谷
整體美術設計：王志弘工作室
行銷企畫：黃鈺佳

發行人：簡秀枝
出版者：典藏藝術家庭股份有限公司
地址：一〇四臺北市中山北路一段八十五號三・六・七樓
電話：八八六—二—二五六〇—二三二〇分機三〇〇・三〇
傳真：八八六—二—二五六七—九二九五
網址：www.artouch.com
戶名：典藏藝術家庭股份有限公司
劃撥帳號：一九八四—八六〇五

總經銷：聯灃書報社
地址：一〇三臺北市重慶北路一段八十三巷四十三號
印刷：崎威彩藝有限公司
初版：二〇一三年二月
二刷：二〇一八年六月
國際標準書號：九七八—九八六—六〇四九—三四—七
定價：新臺幣三六〇元
法律顧問：益思科技法律事務所　劉承慶